Theodor Egon Ritter von Oppolzer

Definitive Bahnbestimmung des Planeten 59 "Elpis"

Antigonos

Theodor Egon Ritter von Oppolzer

Definitive Bahnbestimmung des Planeten 59 "Elpis"

Unveränderter Nachdruck der Originalausgabe von 1870.

1. Auflage 2024 | ISBN: 978-3-38614-194-9

Antigonos Verlag ist ein Imprint der Outlook Verlagsgesellschaft mbH.

Verlag: Outlook Verlag GmbH, Zeilweg 44, 60439 Frankfurt, Deutschland, info@outlook-verlag.de
Vertretungsberechtigt: E. Roepke, Zeilweg 44, 60439 Frankfurt, Deutschland
Druck: Libri Plureos GmbH, Friedensallee 273, 22763 Hamburg, Deutschland

Definitive Bahnbestimmung des Planeten ⑲ „Elpis".

Von dem c. M. Dr. **Theodor Ritter v. Oppolzer**.

Die Vorherbestimmung des Laufes der kleinen Planeten ist in Folge der zahlreichen Entdeckungen von Jahr zu Jahr zu einer höchst umfassenden und mühevollen Arbeit herangewachsen und es wird immer schwieriger dem einzelnen dieser Planeten eine größere Aufmerksamkeit zu schenken. Nach meiner Ansicht ist es aber für die Wissenschaft förderlicher, wenige Planeten einer genaueren Bearbeitung zu unterziehen, als durch allzu große Zersplitterung der Kräfte zwar alle kleinen Planeten, aber keinen, einer gründlicheren Untersuchung in Bezug auf seine Bahn zu unterwerfen. Ich habe deßhalb die von mir zur Berechnung übernommenen drei Planeten, nämlich ⑱ Concordia, ⑲ Elpis und ⑥④ Angelina, so genau in Bezug auf ihre Bahnelemente untersucht, als mir es für die nächsten Zwecke wünschenswerth erschien und habe meine Untersuchungen über Concordia und Angelina in den Sitzungsberichten veröffentlicht, und zwar finden sich die dießbezüglichen Abhandlungen im LVII. Bde. und LX. Bde. dieser Schriften; über die von mir für Elpis gewonnenen Resultate berichten die folgenden Blätter.

Schon seit einer Reihe von Jahren habe ich die Berechnung des Planeten ⑲ Elpis für das Berliner Jahrbuch durchgeführt und mich bemüht durch Anschluß an die jeweilig bekannten Beobachtungen möglichst genaue Elemente für die Vorausberechnung zu erhalten; die letzte Verbesserung habe ich im Jahre 1866 durchgeführt und über dieselbe in Nr. 1605 der astronomischen Nachrichten Bericht abgestattet; diese Elemente schließen sich an fünf bis dahin beobachtete Oppositionen an und haben sich bei der Vorausberechnung für die seitdem eingetretenen drei weiteren Oppositionen recht gut bewährt, doch war der Unterschied zwischen Beobachtung und

Rechnung in der Opposition des Jahres 1869 auf nahe neun Bogensekunden angewachsen; dieser Fehler der Elemente ist zwar sehr gering und kann für die Wiederauffindung in den kommenden Oppositionen, wenn er auch noch weiter etwas zugenommen hätte, nicht im mindesten hinderlich sein; mir schien es aber immerhin einer Untersuchung werth, ob sich dieser Fehler durch Variation der Elemente wegbringen läßt. In der That zeigt die folgende Untersuchung, daß die Darstellung der bislang beobachteten acht Oppositionen mit Rücksicht auf die Störungen durch Jupiter und Saturn eine völlig befriedigende ist, so daß die Annahmen über die Maßen der störenden Planeten und das Übergehen des Einflusses der übrigen Planeten hinreichend gerechtfertigt sind, und daß vorläufig kein Grund vorliegt, den bei der Untersuchung der Bahn dieses Planeten verfolgten Weg abzuändern oder zu verlassen. Der größte übrig bleibende Fehler in der vierten Opposition (1864) erreicht den Werth von 2·7 Bogensekunden; bedenkt man, daß innerhalb des Zeitraumes von 9 Jahren wohl auch in unseren Sonnentafeln Fehler vorkommen, die gewiß den Werth einer Bogensekunde überschreiten, so kann man sich in der That mit dem gewonnenen Resultate begnügen. Die Bemerkung, die ich über die Unsicherheit der Sonnenorte eingeschaltet habe, findet eine Stütze in dem Umstande, daß die nach den neueren Sonnentafeln von Le Verrier einerseits und Hansen und Olufsen andererseits berechneten Orte innerhalb eines Jahres nahe bis zwei Bogensekunden gegen einander schwanken.

Es muß aber bemerkt werden, daß die oben citirten letzten Elemente mit einer kleinen Abänderung der folgenden Rechnung zu Grunde gelegt wurden, die sich mir aus einer genaueren Berechnung der Jupiterstörungen ergeben hatte, und die eine ganz unbeträchtliche Verbesserung in dem Werthe von μ nach sich zog, sonst war an diesen Elementen Nichts verändert worden; die vorliegende Untersuchung läßt in der That nur ganz unerhebliche Correctionen für die bisherigen Annahmen finden; ich schalte hier die Bemerkung ein, daß mir die oben erwähnten Elemente, die ich sogleich weiter unten mittheilen werde, als Grundlage gedient haben für meine bisherigen Untersuchungen über die allgemeinen Störungen, die schon einiger Maßen vorgeschritten sind; der kaum merkbar hervortretende Unterschied dieser Elemente gegen die definitiven zeigt, daß für die Genauigkeit der zu ermittelnden Störungsglieder aus diesem Umstande nicht die mindeste Gefahr entstehen kann; die Elemente, die für diese Rechnungen als maßgebend angenommen und die für die folgende Untersuchung als Ausgangspunkt gewählt wurden, sind:

(59) Elpis.

Epoche, Oscul und mittl. Äq. 1865. Januar 7·0
m. Berliner Zeit.

$$L = 352°37'39''89$$
$$M = 334\ 18\ 53·23$$
$$\pi = \quad 18\ 18\ 46·66$$
$$\Omega = 170\ 20\ 28·62$$
$$i = \quad\ \ 8\ 37\ 13·94$$
$$\varphi = \quad\ \ 6\ 44\ \ 3·01$$
$$\mu = 793''97750$$
$$\log a = 0·4334656$$

Diese Elemente benützte ich nun, um in Verbindung mit den am Schlusse dieser Abhandlung mitgetheilten Störungswerthen für die acht beobachteten Erscheinungen genaue Ephemeriden zu berechnen; hiebei wäre hervorzuheben, daß für die Jahre 1867, 1868 und 1869 die mitgetheilten Ortsangaben ungeändert meinen Vorausberechnungen entnommen wurden. Die im Anhange mitgetheilten Störungswerthe ergaben sich aus der Integration der sogleich mitzutheilenden Differentialquotienten der Störungen. Von den störenden Planeten wurde Jupiter und Saturn berücksichtigt, und es wurden angenommen für dieselben die folgenden Maßen

$$\mathrm{2\!\!\!\;4} = \frac{1}{1049·0}, \qquad \hbar = \frac{1}{3501·6}.$$

Die bei der Ermittlung der Störungen angewandte Methode war die der Variation der Constanten, und die Differentialquotienten waren mit Hilfe von Elementen gefunden worden, die mit den definitiven fast identisch sind; jedenfalls waren die Unterschiede von den letzteren hinreichend klein, um auf die Genauigkeit der Störungsrechnung ganz ohne erheblichen Einfluß zu sein. Das Intervall zwischen den einzelnen Differentialquotienten wurde auf 20 Tage festgesetzt, um die mechanische Quadratur mit voller Sicherheit anwenden zu können; um den Nachtheil, den die eingeschlagene Methode besitzt, nämlich das rasche Anwachsen der Glieder zweiter Ordnung in Bezug auf die störenden Maße möglichst unschädlich zu machen, habe ich in

der Regel nach hundert Tagen (5 Intervallen) die Elemente den Störungen gemäß abgeändert, und ich meine, daß diese Vorsicht in der
Zeit der Jupiternähe gebothen schien um nicht allzu merkbares zu übergehen. Bis zum Anfange des Jahres 1865 galt mir als Fundamentalebene die mittlere Ekliptik 1860,0, nach diesem Zeitpunkte wurde
Alles auf das mittlere Äquinoctium 1870,0 bezogen; die Wahl dieser
Äquinoctien war getroffen worden, um von den Erleichterungen, die dann
durch die Benützung des Berliner Jahrbuches entstehen, den voll-
ständigsten Gebrauch zu machen. Die Osculationsepoche habe ich
auf den 7·0 Januar 1865 mittlere Berliner Zeit verlegt; die Jupi-
ter- und Saturnstörungen wurden gesondert ermittelt, und ich theile
vorerst die durch den Jupiter veranlaßten Störungen mit, und zwar die
Differentialquotienten derselben.

$$\mathrm{2\!\!\!\downarrow} = \frac{1}{1049}$$

mittl. Ekliptik 1860·0.

	$20\,di:dt$	$20\,d\Omega:dt$	$20\,d\varphi:dt$	$20\,d\pi:dt$	$400\,d\mu:dt$	$20\,dL:dt$
1860 Aug. 31.	$+0''226$	$+0''211$	$-3''555$	$+\ 2''62$	$+0''4550$	$-1''358$
Sept. 20.	$+0·209$	$+0·335$	$-3·596$	$+\ 1·62$	$+0·4631$	$-1·006$
Oct. 10.	$+0·190$	$+0·439$	$-3·604$	$+\ 0·57$	$+0·4663$	$-0·644$
30.	$+0·170$	$+0·521$	$-3·577$	$-\ 0·47.$	$+0·4643$	$-0·274$
Nov. 19.	$+0·149$	$+0·580$	$-3·512$	$-\ 1·42$	$+0·4566$	$+0·101$
Dec. 9.	$+0·127$	$+0·616$	$-3·410$	$-\ 2·22$	$+0·4431$	$+0·479$
„ 29.	$+0·106$	$+0·628$	$-3·272$	$-\ 2·79$	$+0·4235$	$+0·855$
1861 Jan. 18.	$+0·086$	$+0·616$	$-3·102$	$-\ 3·07$	$+0·3977$	$+1·228$
Febr. 7.	$+0·067$	$+0·582$	$-2·904$	$-\ 2·99$	$+0·3657$	$+1·593$
„ 27.	$+0·049$	$+0·527$	$-2·684$	$-\ 2·49$	$+0·3274$	$+1·946$
März 19.	$+0·034$	$+0·452$	$-2·451$	$-\ 1·51$	$+0·2829$	$+2·284$
April 8.	$+0·021$	$+0·360$	$-2·209$	$-\ 0·01$	$+0·2324$	$+2·601$
„ 28.	$+0·011$	$+0·253$	$-1·972$	$+\ 2·03$	$+0·1759$	$+2·894$
Mai 18.	$+0·004$	$+0·135$	$-1·746$	$+\ 4·63$	$+0·1136$	$+3·157$
Juni 7.	$0·000$	$+0·007$	$-1·542$	$+\ 7·80$	$+0·0458$	$+3·385$
27.	$0·000$	$-0·125$	$-1·368$	$+11·53$	$-0·0274$	$+3·571$
Juli 17.	$+0·003$	$-0·258$	$-1·232$	$+15·82$	$-0·1059$	$+3·710$
Aug. 6.	$+0·010$	$-0·389$	$-1·145$	$+20·61$	$-0·1891$	$+3·794$
„ 26.	$+0·019$	$-0·513$	$-1·113$	$+25·90$	$-0·2770$	$+3·816$
Sept. 15.	$+0·032$	$-0·626$	$-1·143$	$+34·63$	$-0·3693$	$+3·767$
Oct. 5.	$+0·047$	$-0·724$	$-1·239$	$+37·75$	$-0·4655$	$+3·640$
„ 25.	$+0·064$	$-0·804$	$-1·408$	$+44·20$	$-0·5655$	$+3·423$
Nov. 14.	$+0·082$	$-0·861$	$-1·651$	$+50·94$	$-0·6686$	$+3·107$
Dec. 4.	$+0·100$	$-0·893$	$1·962$	$+57·93$	$-0·7745$	$+2·678$

	20 $di:dt$	20 $d\Omega:dt$	20 $d\varphi:dt$	20 $d\pi:dt$	400 $d\mu:dt$	20 $dL:dt$
1861 Dec. 24.	+0″117	— 0″897	—2″356	+1′ 5″01	—0″8821	+ 2″126
1862 Jan. 13.	+0·132	— 0·871	—2·823	+1 12·14	—0·9908	+ 1·437
Febr. 2.	+0·142	— 0·815	—3·358	+1 19·25	—1·0995	+ 0·597
22.	+0·147	— 0·729	—3·953	+1 26·23	—1·2067	— 0·407
März 14.	+0·145	— 0·615	—4·597	+1 33·00	—1·3107	— 1·589
April 3.	+0·132	— 0·479	—5·275	+1 39·47	—1·4093	— 2·963
„ 23.	+0·107	— 0·327	—5·934	+1 45·79	—1·5002	— 4·538
Mai 13.	+0·067	— 0·170	—6·614	+1 51·37	—1·5799	— 6·320
Juni 2.	+0·010	— 0·020	—7·253	+1 56·34	—1·6449	— 8·309
„ 22.	—0·066	+ 0·105	—7·819	+2 0·64	—1·6913	—10·500
Juli 12.	—0·163	+ 0·185	—8·271	+2 4·19	—1·7143	—12·872
Aug. 1.	—0·282	+ 0·196	—8·569	+2 6·95	—1·7094	—15·397
„ 21.	—0·421	+ 0·113	—8·670	+2 8·93	—1·6724	—18·029
Sept. 10.	—0·580	— 0·088	—8·474	+2 10·80	—1·5988	—20·705
„ 30.	—0·755	— 0·431	—8·070	+2 11·32	—1·4850	—23·339
Oct. 20.	—0·941	— 0·932	—7·377	+2 11·27	—1·3301	—25·848
Nov. 9.	—1·130	— 1·601	—6·392	+2 10·80	—1·1345	—28·117
„ 29.	—1·313	— 2·434	—5·131	+2 10·08	—0·9014	—30·040
Dec. 19.	—1·482	— 3·412	—3·634	+2 9·30	—0·6365	—31·516
1863 Jan. 8.	—1·626	— 4·504	—1·962	+2 8·62	—0·3485	—32·463
„ 28.	—1·737	— 5·670	—0·120	+2 8·46	—0·0498	—32·839
Febr. 17.	—1·809	— 6·848	+1·661	+2 8·19	+0·2521	—32·597
März 9.	—1·837	— 7·984	+3·365	+2 8·17	+0·5434	—31·764
29.	—1·821	— 9·023	+4·911	+2 8·37	+0·8134	—30·393
April 18.	—1·763	— 9·916	+6·236	+2 8·61	+1·0535	—28·560
Mai 8.	—1·669	—10·629	+7·294	+2 8·77	+1·2575	—26·369
„ 28.	—1·545	—11·140	+8·066	+2 8·65	+1·4218	—23·922
Juni 17.	—1·399	—11·455	+8·619	+2 7·60	+1·5450	—21·323
Juli 7.	—1·238	—11·548	+8·831	+2 6·50	+1·6292	—18·673
„ 27.	—1·070	—11·445	+8·798	+2 4·77	+1·6765	—16·050
Aug. 16.	—0·902	—11·173	+8·561	+2 2·35	+1·6914	—13·519
Sept. 5.	—0·739	—10·756	+8·159	+1 59·21	+1·6779	—11·127
„ 25.	—0·584	—10·218	+7·631	+1 55·39	+1·6404	— 8·909
Oct. 15.	—0·442	— 9·587	+7·017	+1 50·88	+1·5835	— 6·876
Nov. 4.	—0·315	— 8·896	+6·402	+1 45·29	+1·5111	— 5·050
24.	—0·203	— 8·154	+5·713	+1 39·75	+1·4270	— 3·431
Dec. 14.	—0·107	— 7·389	+5·027	+1 33·78	+1·3340	— 2·009
1864 Jan. 3.	—0·027	— 6·619	+4·367	+1 27·47	+1·2352	— 0·775
„ 23.	+0·038	— 5·856	+3·747	+1 20·90	+1·1323	+ 0·280
Febr. 12.	+0·088	— 5·115	+3·181	+1 14·15	+1·0273	+ 1·171

	$20\,di:dt$	$20\,d\Omega:dt$	$20\,d\varphi:dt$	$20\,d\pi:dt$	$400\,d\mu:dt$	$20\,dL:dt$
1864 März 3.	+0″125	—4″406	+2″677	+1′ 7·32	+0″9216	+1″911
„ 23.	+0·150	—3·736	+2·270	+1 0·38	+0·8163	+2·504
April 12.	+0·163	—3·111	+1·906	+ 53·64	+0·7123	+2·981
Mai 2.	+0·167	—2·536	+1·616	+ 47·04	+0·6104	+3·344
„ 22.	+0·162	—2·014	+1·401	+ 40·65	+0·5112	+3·606
Juni 11.	+0·149	—1·549	+1·257	+ 34·53	+0·4151	+3·775
Juli 1.	+0·130	—1·140	+1·183	+ 28·74	+0·3226	+3·862
„ 21.	+0·107	—0·789	+1·174	+ 23·34	+0·2340	+3·876
Aug. 10.	+0·079	—0·495	+1·223	+ 18·38	+0·1496	+3·824
„ 30.	+0·049	—0·257	+1·325	+ 13·90	+0·0696	+3·715
Sept. 19.	+0·017	—0·074	+1·470	+ 9·92	—0·0056	+3·556
Oct. 9.	—0·016	+0·057	+1·653	+ 6·48	—0·0758	+3·351
„ 29.	—0·049	+0·138	+1·862	+ 3·59	—0·1408	+3·109
Nov. 18.	—0·080	+0·172	+2·091	+ 1·25	—0·2004	+2·833
Dec. 8.	—0·111	+0·163	+2·328	— 0·55	—0·2544	+2·529
28.	—0·138	+0·115	+2·566	— 1·82	—0·3026	+2·203

mittl. Ekliptik 1870·0.

	$20\,di:dt$	$20\,d\Omega:dt$	$20\,d\varphi:dt$	$20\,d\pi:dt$	$400\,d\mu:dt$	$20\,dL:dt$
1865 Jan. 17.	—0″163	+0″032	+2″795	— 2″61	—0″3449	+1″857
Febr. 6.	—0·185	—0·082	+3·008	— 2·93	—0·3811	+1·498
„ 26.	—0·202	—0·222	+3·198	— 2·86	—0·4111	+1·128
März 18.	—0·216	—0·384	+3·359	— 2·45	—0·4351	+0·752
April 7.	—0·225	—0·562	+3·487	— 1·77	—0·4530	+0·372
„ 27.	—0·229	—0·752	+3·578	— 0·89	—0·4650	—0·008
Mai 17.	—0·230	—0·949	+3·633	+ 0·12	—0·4713	—0·385
Juni 6.	—0·225	—1·148	+3·651	+ 1·20	—0·4722	—0·756
„ 26.	—0·216	—1·345	+3·634	+ 2·27	—0·4679	—1·120
Juli 16.	—0·203	—1·536	+3·586	+ 3·27	—0·4588	—1·473
Aug. 5.	—0·187	—1·718	+3·510	+ 4·16	—0·4453	—1·813
„ 25.	—0·166	—1·887	+3·412	+ 4·91	—0·4280	—2·140
Sept. 14.	—0·143	—2·040	+3·298	+ 5·48	—0·4071	—2·451
Oct. 4.	—0·117	—2·175	+3·172	+ 5·85	—0·3832	—2·746
„ 24.	—0·088	—2·290	+3·041	+ 6·01	—0·3568	—3·023
Nov. 13.	—0·058	—2·384	+2·911	+ 5·97	—0·3283	—3·281
Dec. 3.	—0·026	—2·456	+2·786	+ 5·75	—0·2981	—3·520
„ 23.	+0·006	—2·504	+2·670	+ 5·35	—0·2666	—3·739
1866 Jan. 12.	+0·039	—2·530	+2·568	+ 4·80	—0·2342	—3·938
Febr. 1.	+0·072	—2·532	+2·482	+ 4·13	—0·2012	—4·118

	$20\,di:dt$	$20\,d\Omega:dt$	$20\,d\varphi:dt$	$20\,d\pi:dt$	$400\,d\mu:dt$	$20\,dL:dt$
1866 Febr. 21.	$+0\overset{"}{\cdot}105$	$-2\overset{"}{\cdot}512$	$+2\overset{"}{\cdot}415$	$+\ 3\overset{"}{\cdot}36$	$-0\overset{"}{\cdot}1678$	$-4\overset{"}{\cdot}277$
März 13.	$+0\cdot137$	$-2\cdot471$	$+2\cdot367$	$+\ 2\cdot52$	$-0\cdot1344$	$-4\cdot417$
April 2.	$+0\cdot167$	$-2\cdot409$	$+2\cdot340$	$+\ 1\cdot65$	$-0\cdot1011$	$-4\cdot536$
„ 22.	$+0\cdot196$	$-2\cdot328$	$+2\cdot334$	$+\ 0\cdot77$	$-0\cdot0681$	$-4\cdot637$
Mai 12.	$+0\cdot224$	$-2\cdot229$	$+2\cdot349$	$-\ 0\cdot09$	$-0\cdot0356$	$-4\cdot718$
Juni 1.	$+0\cdot249$	$-2\cdot115$	$+2\cdot384$	$-\ 0\cdot91$	$-0\cdot0038$	$-4\cdot781$
„ 21.	$+0\cdot272$	$-1\cdot986$	$+2\cdot437$	$-\ 1\cdot66$	$+0\cdot0274$	$-4\cdot825$
Juli 11.	$+0\cdot293$	$-1\cdot845$	$+2\cdot507$	$-\ 2\cdot33$	$+0\cdot0578$	$-4\cdot852$
„ 31.	$+0\cdot311$	$-1\cdot693$	$+2\cdot593$	$-\ 2\cdot89$	$+0\cdot0874$	$-4\cdot862$
Aug. 20.	$+0\cdot327$	$-1\cdot534$	$+2\cdot693$	$-\ 3\cdot33$	$+0\cdot1161$	$-4\cdot855$
Sept. 9.	$+0\cdot339$	$-1\cdot367$	$+2\cdot804$	$-\ 3\cdot65$	$+0\cdot1439$	$-4\cdot832$
„ 29.	$+0\cdot349$	$-1\cdot196$	$+2\cdot925$	$-\ 3\cdot83$	$+0\cdot1708$	$-4\cdot794$
Oct. 19.	$+0\cdot356$	$-1\cdot023$	$+3\cdot053$	$-\ 3\cdot86$	$+0\cdot1968$	$-4\cdot741$
Nov. 8.	$+0\cdot360$	$-0\cdot850$	$+3\cdot186$	$-\ 3\cdot75$	$+0\cdot2218$	$-4\cdot672$
„ 28.	$+0\cdot362$	$-0\cdot667$	$+3\cdot322$	$-\ 3\cdot48$	$+0\cdot2458$	$-4\cdot590$
Dec. 18.	$+0\cdot361$	$-0\cdot508$	$+3\cdot459$	$-\ 3\cdot06$	$+0\cdot2689$	$-4\cdot494$
1867 Jan. 7.	$+0\cdot357$	$-0\cdot344$	$+3\cdot594$	$-\ 2\cdot49$	$+0\cdot2911$	$-4\cdot385$
„ 27.	$+0\cdot351$	$-0\cdot186$	$+3\cdot727$	$-\ 1\cdot78$	$+0\cdot3124$	$-4\cdot263$
Febr. 16.	$+0\cdot342$	$-0\cdot036$	$+3\cdot856$	$-\ 0\cdot93$	$+0\cdot3327$	$-4\cdot129$
März 8.	$+0\cdot332$	$+0\cdot104$	$+3\cdot977$	$+\ 0\cdot05$	$+0\cdot3521$	$-3\cdot983$
„ 28.	$+0\cdot319$	$+0\cdot234$	$+4\cdot090$	$+\ 1\cdot16$	$+0\cdot3706$	$-3\cdot825$
April 17.	$+0\cdot305$	$+0\cdot353$	$+4\cdot193$	$+\ 2\cdot39$	$+0\cdot3881$	$-3\cdot655$
Mai 7.	$+0\cdot289$	$+0\cdot459$	$+4\cdot285$	$+\ 3\cdot73$	$+0\cdot4048$	$-3\cdot475$
„ 27.	$+0\cdot272$	$+0\cdot551$	$+4\cdot364$	$+\ 5\cdot16$	$+0\cdot4204$	$-3\cdot284$
Juni 16.	$+0\cdot253$	$+0\cdot629$	$+4\cdot430$	$+\ 6\cdot68$	$+0\cdot4352$	-3.082
Juli 6.	$+0\cdot234$	$+0\cdot693$	$+4\cdot480$	$+\ 8\cdot25$	$+0\cdot4489$	$-2\cdot870$
„ 26.	$+0\cdot214$	$+0\cdot742$	$+4\cdot515$	$+\ 9\cdot89$	$+0\cdot4616$	$-2\cdot649$
Aug. 15.	$+0\cdot194$	$+0\cdot776$	$+4\cdot534$	$+11\cdot57$	$+0\cdot4733$	$-2\cdot417$
Sept. 4.	$+0\cdot174$	$+0\cdot795$	$+4\cdot534$	$+13\cdot28$	$+0\cdot4838$	$-2\cdot177$
„ 24.	$+0\cdot154$	$+0\cdot800$	$+4\cdot518$	$+14\cdot99$	$+0\cdot4932$	$-1\cdot927$
Oct. 14.	$+0\cdot134$	$+0\cdot791$	$+4\cdot483$	$+16\cdot67$	$+0\cdot5014$	$-1\cdot669$
Nov. 3.	$+0\cdot115$	$+0\cdot769$	$+4\cdot430$	$+18\cdot35$	$+0\cdot5083$	$-1\cdot403$
„ 23.	$+0\cdot097$	$+0\cdot734$	$+4\cdot358$	$+19\cdot98$	$+0\cdot5138$	$-1\cdot128$
Dec. 13.	$+0\cdot080$	$+0\cdot687$	$+4\cdot268$	$+21\cdot54$	$+0\cdot5179$	$-0\cdot846$
1868 Jan. 2.	$+0\cdot064$	$+0\cdot631$	$+4\cdot161$	$+23\cdot01$	$+0\cdot5203$	$-0\cdot557$
„ 22.	$+0\cdot050$	$+0\cdot565$	$+4\cdot040$	$+24\cdot33$	$+0\cdot5210$	$-0\cdot263$
Febr. 11.	$+0\cdot038$	$+0\cdot492$	$+3\cdot900$	$+25\cdot55$	$+0\cdot5198$	$+0\cdot039$
März 2.	$+0\cdot027$	$+0\cdot413$	$+3\cdot746$	$+26\cdot62$	$+0\cdot5165$	$+0\cdot345$
„ 22.	$+0\cdot018$	$+0\cdot331$	$+3\cdot580$	$+27\cdot51$	$+0\cdot5110$	$+0\cdot655$
April 11.	$+0\cdot010$	$+0\cdot247$	$+3\cdot403$	$+28\cdot19$	$+0\cdot5029$	$+0\cdot969$

	$20\,di:dt$	$20\,d\Omega:dt$	$20\,d\varphi:dt$	$20\,d\pi:dt$	$400\,d\mu:dt$	$20\,dL:dt$
1868 Mai 1.	$+0''005$	$+\ 0''163$	$+\ 3''221$	$+\ 28''60$	$+0''4922$	$+\ 1''285$
„ 21.	$+0\cdot002$	$+\ 0\cdot082$	$+\ 3\cdot031$	$+\ 28\cdot81$	$+0\cdot4784$	$+\ 1\cdot602$
Juni 10.	$0\cdot000$	$+\ 0\cdot005$	$+\ 2\cdot840$	$+\ 28\cdot73$	$+0\cdot4614$	$+\ 1\cdot918$
30.	$0\cdot000$	$-\ 0\cdot064$	$+\ 2\cdot652$	$+\ 28\cdot35$	$+0\cdot4407$	$+\ 2\cdot232$
Juli 20.	$+0\cdot001$	$-\ 0\cdot124$	$+\ 2\cdot471$	$+\ 27\cdot66$	$+0\cdot4161$	$+\ 2\cdot543$
Aug. 9.	$+0\cdot004$	$-\ 0\cdot174$	$+\ 2\cdot306$	$+\ 26\cdot60$	$+0\cdot3870$	$+\ 2\cdot846$
„ 29.	$+0\cdot007$	$-\ 0\cdot211$	$+\ 2\cdot157$	$+\ 25\cdot21$	$+0\cdot3531$	$+\ 3\cdot140$
Sept. 18.	$+0\cdot010$	$-\ 0\cdot232$	$+\ 2\cdot033$	$+\ 23\cdot45$	$+0\cdot3139$	$+\ 3\cdot422$
Oct. 8.	$+0\cdot014$	$-\ 0\cdot236$	$+\ 1\cdot943$	$+\ 21\cdot32$	$+0\cdot2688$	$+\ 3\cdot687$
„ 28.	$+0\cdot016$	$-\ 0\cdot224$	$+\ 1\cdot894$	$+\ 18\cdot82$	$+0\cdot2173$	$+\ 3\cdot932$
Nov. 17.	$+0\cdot016$	$-\ 0\cdot193$	$+\ 1\cdot897$	$+\ 15\cdot93$	$+0\cdot1589$	$+\ 4\cdot151$
Dec. 7.	$+0\cdot015$	$-\ 0\cdot144$	$+\ 1\cdot957$	$+\ 12\cdot70$	$+0\cdot0929$	$+\ 4\cdot338$
„ 27.	$+0\cdot010$	$-\ 0\cdot079$	$+\ 2\cdot087$	$+\ 9\cdot14$	$+0\cdot0188$	$+\ 4\cdot486$
1869 Jan. 16.	$0\cdot000$	$+\ 0\cdot001$	$+\ 2\cdot295$	$+\ 5\cdot29$	$-0\cdot0640$	$+\ 4\cdot587$
Febr. 5.	$-0\cdot016$	$+\ 0\cdot092$	$+\ 2\cdot593$	$+\ 1\cdot21$	$-0\cdot1561$	$+\ 4\cdot630$
25.	$-0\cdot038$	$+\ 0\cdot188$	$+\ 2\cdot989$	$+\ 3\cdot06$	$-0\cdot2578$	$+\ 4\cdot605$
März 17.	$-0\cdot069$	$+\ 0\cdot282$	$+\ 3\cdot488$	$-\ 7\cdot42$	$-0\cdot3694$	$+\ 4\cdot497$
April 6.	$-0\cdot110$	$+\ 0\cdot364$	$+\ 4\cdot100$	$-\ 11\cdot78$	$-0\cdot4909$	$+\ 4\cdot291$
„ 26.	$-0\cdot163$	$+\ 0\cdot421$	$+\ 4\cdot824$	$-\ 16\cdot03$	$-0\cdot6219$	$+\ 3\cdot968$
Mai 16.	$-0\cdot228$	$+\ 0\cdot435$	$+\ 5\cdot660$	$-\ 20\cdot06$	$-0\cdot7616$	$+\ 3\cdot508$
Juni 5.	$-0\cdot309$	$+\ 0\cdot385$	$+\ 6\cdot600$	$-\ 23\cdot72$	$-0\cdot9085$	$+\ 2\cdot887$
„ 25.	$-0\cdot404$	$+\ 0\cdot245$	$+\ 7\cdot626$	$-\ 26\cdot97$	$-1\cdot0598$	$+\ 2\cdot080$
Juli 15.	$-0\cdot516$	$-\ 0\cdot017$	$+\ 8\cdot714$	$-\ 29\cdot68$	$-1\cdot2119$	$+\ 1\cdot060$
Aug. 4.	$-0\cdot643$	$-\ 0\cdot436$	$+\ 9\cdot827$	$-\ 31\cdot78$	$-1\cdot3595$	$-\ 0\cdot198$
„ 24.	$-0\cdot785$	$-\ 1\cdot053$	$+10\cdot914$	$-\ 33\cdot30$	$-1\cdot4955$	$-\ 1\cdot716$
Sept. 13.	$-0\cdot936$	$-\ 1\cdot907$	$+11\cdot917$	$-\ 34\cdot22$	$-1\cdot6109$	$-\ 3\cdot507$
Oct. 3.	$-1\cdot093$	$-\ 3\cdot035$	$+12\cdot749$	$-\ 34\cdot96$	$-1\cdot6944$	$-\ 5\cdot567$
23.	$-1\cdot246$	$-\ 4\cdot463$	$+13\cdot332$	$-\ 35\cdot75$	$-1\cdot7336$	$-\ 7\cdot872$
Nov. 12.	$-1\cdot383$	$-\ 6\cdot194$	$+13\cdot582$	$-\ 37\cdot02$	$-1\cdot7153$	$-10\cdot362$
Dec. 2.	$-1\cdot491$	$-\ 8\cdot202$	$+13\cdot429$	$-\ 39\cdot31$	$-1\cdot6278$	$-12\cdot941$
„ 22.	$-1\cdot556$	$-10\cdot423$	$+12\cdot839$	$-\ 42\cdot95$	$-1\cdot4634$	$-15\cdot473$
1870 Jan. 11.	$-1\cdot564$	$-12\cdot743$	$+11\cdot804$	$-\ 48\cdot77$	$-1\cdot2204$	$-17\cdot793$
„ 31.	$-1\cdot505$	$-15\cdot007$	$+10\cdot383$	$-\ 56\cdot73$	$-0\cdot9054$	$-19\cdot704$
Febr. 20.	$-1\cdot377$	$-17\cdot046$	$+\ 8\cdot692$	$-1'\ 6\cdot70$	$-0\cdot5354$	$-21\cdot051$
März 12.	$-1\cdot185$	$-18\cdot696$	$+\ 6\cdot882$	$-1\ 18\cdot12$	$-0\cdot1348$	$-21\cdot711$
April 1.	$-0\cdot940$	$-19\cdot829$	$+\ 5\cdot116$	$-1\ 29\cdot86$	$+0\cdot2672$	$-21\cdot622$
„ 21.	$-0\cdot665$	$-20\cdot360$	$+\ 3\cdot540$	$-1\ 41\cdot43$	$+0\cdot6439$	$-20\cdot824$
Mai 11.	$-0\cdot379$	$-20\cdot296$	$+\ 2\cdot240$	$-1\ 51\cdot55$	$+0\cdot9723$	$-19\cdot408$
„ 31.	$-0\cdot104$	$-19\cdot690$	$+\ 1\cdot271$	$-1\ 59\cdot51$	$+1\cdot2372$	$-17\cdot526$
Juni 20.	$+0\cdot146$	$-18\cdot644$	$+\ 0\cdot635$	$-2\ \ 4\cdot85$	$+1\cdot4328$	$-15\cdot343$

	$20\,di:dt$	$20\,d\Omega:dt$	$20\,d\varphi:dt$	$20\,d\pi:dt$	$400\,d\mu:dt$	$20\,dL:dt$
1870 Juli 10.	+0˝362	−17˝283	+0˝331	−2′ 7˝35	+1˝5602	−13˝019
„ 30.	+0·534	−15·707	+0·220	−2 7·27	+1·6263	−10·670
Aug. 19.	+0·664	−14·037	+0·277	−2 4·89	+1·6410	− 8·408
Sept. 8.	+0·755	−12·356	+0·440	−2 0·65	+1·6148	− 6·300
„ 28.	+0·810	−10·725	+0·656	−1 54·94	+1·5575	− 4·382
Oct. 18.	+0·836	− 9·191	+0·922	−1 48·18	+1·4784	− 2·673
Nov. 7.	+0·836	− 7·776	+1·131	−1 40·83	+1·3848	− 1·173
27.	+0·816	− 6·494	+1·303	−1 33·14	+1·2821	+ 0·125
Dec. 17.	+0·780	− 5·352	+1·429	−1 25·37	+1·1752	+ 1·234
1871 Jan. 6.	+0·733	− 4·348	+1·502	−1 17·74	+1·0674	+ 2·171
„ 26.	+0·679	− 3·475	+1·541	−1 10·31	+0·9610	+ 2·953
Febr. 15.	+0·619	− 2·728	+1·509	−1 3·34	+0·8578	+ 3·596
März 7.	+0·555	− 2·096	+1·431	− 56·82	+0·7588	+ 4·119
„ 27.	+0·490	− 1·567	+1·312	− 50·79	+0·6644	+ 4·534
April 16.	+0·426	− 1·133	+1·158	− 45·27	+0·5752	+ 4·856
Mai 6.	+0·363	− 0·783	+0·982	− 40·29	+0·4912	+ 5·096
„ 26.	+0·303	− 0·509	+0·776	− 35·86	+0·4126	+ 5·266
Juni 15.	+0·245	− 0·301	+0·551	− 31·93	+0·3388	+ 5·372
Juli 5.	+0·190	− 0·150	+0·314	− 28·51	+0·2701	+ 5·425
25.	+0·140	− 0·050	+0·070	− 25·57	+0·2061	+ 5·428
Aug. 14.	+0·094	+ 0·006	−0·173	− 23·09	+0·1467	+ 5·394
Sept. 3.	+0·051	+ 0·025	−0·420	− 21·02	+0·0913	+ 5·322
„ 23.	+0·013	+ 0·012	−0·664	− 19·36	+0·0398	+ 5·217
Oct. 13.	−0·020	− 0·027	−0·900	− 18·06	−0·0081	+ 5·085
Nov. 2.	−0·049	− 0·087	−1·127	− 17·10	−0·0525	+ 4·928
„ 22.	−0·074	− 0·164	−1·340	− 16·46	−0·0937	+ 4·750
Dec. 12.	−0·095	− 0·254	−1·540	− 16·09	−0·1318	+ 4·552
1872 Jan. 1.	−0·112	− 0·353	−1·725	− 15·98	−0·1670	+ 4·338
„ 21.	−0·125	− 0·459	−1·892	− 16·10	−0·1996	+ 4·110
Febr. 10.	−0·135	− 0·569	−2·040	− 16·43	−0·2296	+ 3·869
März 1.	−0·141	− 0·678	−2·169	− 16·92	−0·2573	+ 3·617
21.	−0·144	− 0·784	−2·278	− 17·57	−0·2826	+ 3·355
April 10.	−0·144	− 0·888	−2·365	− 18·33	−0·3056	+ 3·086
„ 30.	−0·141	− 0·985	−2·431	− 19·20	−0·3266	+ 2·809
Mai 20.	−0·136	− 1·076	−2·477	− 20·15	−0·3456	+ 2·526
Juni 9.	−0·128	− 1·158	−2·500	− 21·19	−0·3628	+ 2·238
„ 29.	−0·119	− 1·230	−2·503	− 22·22	−0·3779	+ 1·947
Juli 19.	−0·109	− 1·291	−2·485	− 23·26	−0·3911	+ 1·653
Aug. 8.	−0·096	− 1·341	−2·448	− 24·29	−0·4025	+ 1·357
28.	−0·083	− 1·379	−2·391	− 25·28	−0·4119	+ 1·060

	$20\,di:dt$	$20\,d\Omega:dt$	$20\,d\varphi:dt$	$20\,d\pi:dt$	$400\,d\mu:dt$	$20\,dL:dt$
1872 Sept. 17.	$-0{''}069$	$-1{''}404$	$-2{''}317$	$-26{''}22$	$-0{''}4195$	$+0{''}763$
Oct. 7.	$-0\cdot054$	$-1\cdot417$	$-2\cdot226$	$-27\cdot08$	$-0\cdot4253$	$+0\cdot467$
„ 27.	$-0\cdot039$	$-1\cdot417$	$-2\cdot119$	$-27\cdot85$	$-0\cdot4291$	$+0\cdot173$
Nov. 16.	$-0\cdot024$	$-1\cdot405$	$-1\cdot999$	$-28\cdot52$	$-0\cdot4309$	$-0\cdot118$
Dec. 6.	$-0\cdot009$	$-1\cdot381$	$-1\cdot868$	$-29\cdot06$	$-0\cdot4306$	$-0\cdot405$
„ 26.	$+0\cdot005$	$-1\cdot346$	$-1\cdot722$	$-29\cdot51$	$-0\cdot4286$	$-0\cdot688$
1873 Jan. 15.	$+0\cdot019$	$-1\cdot299$	$-1\cdot574$	$-29\cdot76$	$-0\cdot4244$	$-0\cdot964$
Febr. 4.	$+0\cdot032$	$-1\cdot243$	$-1\cdot422$	$-29\cdot84$	$-0\cdot4179$	$-1\cdot233$
„ 24.	$+0\cdot043$	$-1\cdot177$	$-1\cdot269$	$-29\cdot76$	$-0\cdot4093$	$-1\cdot494$
März 16.	$+0\cdot054$	$-1\cdot104$	$-1\cdot117$	$-29\cdot50$	$-0\cdot3985$	$-1\cdot746$
April 5.	$+0\cdot064$	$-1\cdot024$	$-0\cdot970$	$-29\cdot07$	$-0\cdot3853$	$-1\cdot987$
25.	$+0\cdot072$	$-0\cdot939$	$-0\cdot832$	$-28\cdot48$	$-0\cdot3698$	$-2\cdot217$
Mai 15.	$+0\cdot078$	$-0\cdot849$	$-0\cdot705$	$-27\cdot72$	$-0\cdot3518$	$-2\cdot433$
Juni 4.	$+0\cdot083$	$-0\cdot757$	$-0\cdot593$	$-26\cdot81$	$-0\cdot3314$	$-2\cdot636$
„ 24.	$+0\cdot086$	$-0\cdot663$	$-0\cdot499$	$-25\cdot76$	$-0\cdot3085$	$-2\cdot823$
Juli 14.	$+0\cdot088$	$-0\cdot570$	$-0\cdot422$	$-24\cdot63$	$-0\cdot2832$	$-2\cdot994$
Aug. 3.	$+0\cdot088$	$-0\cdot479$	$-0\cdot372$	$-23\cdot38$	$-0\cdot2555$	$-3\cdot146$
„ 23.	$+0\cdot086$	$-0\cdot392$	$-0\cdot348$	$-22\cdot08$	$-0\cdot2255$	$-3\cdot280$
Sept. 12.	$+0\cdot082$	$-0\cdot310$	$-0\cdot351$	$-20\cdot76$	$-0\cdot1933$	$-3\cdot393$
Oct. 2.	$+0\cdot078$	$-0\cdot234$	$-0\cdot381$	$-19\cdot46$	$-0\cdot1590$	$-3\cdot484$
„ 22.	$+0\cdot072$	$-0\cdot165$	$-0\cdot438$	$-18\cdot21$	$-0\cdot1228$	$-3\cdot554$
Nov. 11.	$+0\cdot065$	$-0\cdot105$	$-0\cdot521$	$-17\cdot06$	$-0\cdot0851$	$-3\cdot600$
Dec. 1.	$+0\cdot057$	$-0\cdot055$	$-0\cdot628$	$-16\cdot05$	$-0\cdot0460$	$-3\cdot622$
21.	$+0\cdot049$	$-0\cdot016$	$-0\cdot756$	$-15\cdot20$	$-0\cdot0060$	$-3\cdot619$
1874 Jan. 10.	$+0\cdot040$	$+0\cdot013$	$-0\cdot900$	$-14\cdot56$	$+0\cdot0347$	$-3\cdot591$

$$\hbar = \frac{1}{3501\cdot6}$$

mittlere Ekliptik 1860·0.

	$20\,di:dt$	$20\,d\Omega:dt$	$20\,d\varphi:dt$	$20\,d\pi:dt$	$400\,d\mu:dt$	$20\,dL:dt$
1860 Aug. 31.	$+0{''}013$	$+0{''}012$	$-0{''}197$	$-0{''}423$	$+0{''}0230$	$-0{''}193$
Sept. 20.	$+0\cdot012$	$+0\cdot019$	$-0\cdot209$	$-0\cdot429$	$+0\cdot0255$	$-0\cdot169$
Oct. 10.	$+0\cdot011$	$+0\cdot025$	$-0\cdot218$	$-0\cdot450$	$+0\cdot0275$	$-0\cdot143$
„ 30.	$+0\cdot010$	$+0\cdot030$	$-0\cdot225$	$-0\cdot481$	$+0\cdot0290$	$-0\cdot114$
Nov. 19.	$+0\cdot009$	$+0\cdot035$	$-0\cdot228$	$-0\cdot516$	$+0\cdot0300$	$-0\cdot085$
Dec. 9.	$+0\cdot008$	$+0\cdot037$	$-0\cdot227$	$-0\cdot550$	$+0\cdot0304$	$-0\cdot054$
„ 29.	$+0\cdot007$	$+0\cdot039$	$-0\cdot224$	$-0\cdot575$	$+0\cdot0301$	$-0\cdot022$
1861 Jan. 18.	$+0\cdot005$	$+0\cdot039$	$-0\cdot216$	$-0\cdot584$	$+0\cdot0293$	$+0\cdot010$

	$20\,di:dt$	$20\,d\Omega:dt$	$20\,d\varphi:dt$	$20\,d\pi:dt$	$400\,d\mu:dt$	$20\,dL:dt$
1861 Febr. 7.	$+0{\cdot}004$	$+0{\cdot}038$	$-0{\cdot}205$	$-0{\cdot}571$	$+0{\cdot}0278$	$+0{\cdot}041$
„ 27.	$+0{\cdot}003$	$+0{\cdot}035$	$-0{\cdot}191$	$-0{\cdot}530$	$+0{\cdot}0256$	$+0{\cdot}072$
März 19.	$+0{\cdot}002$	$+0{\cdot}031$	$-0{\cdot}176$	$-0{\cdot}456$	$+0{\cdot}0229$	$+0{\cdot}101$
April 8.	$+0{\cdot}002$	$+0{\cdot}026$	$-0{\cdot}158$	$-0{\cdot}344$	$+0{\cdot}0195$	$+0{\cdot}127$
„ 28.	$+0{\cdot}001$	$+0{\cdot}020$	$-0{\cdot}139$	$-0{\cdot}193$	$+0{\cdot}0156$	$+0{\cdot}151$
Mai 18.	$0{\cdot}000$	$+0{\cdot}013$	$-0{\cdot}121$	$-0{\cdot}001$	$+0{\cdot}0111$	$+0{\cdot}172$
Juni 7.	$0{\cdot}000$	$+0{\cdot}006$	$-0{\cdot}103$	$+0{\cdot}231$	$+0{\cdot}0062$	$+0{\cdot}188$
27.	$0{\cdot}000$	$-0{\cdot}002$	$-0{\cdot}087$	$+0{\cdot}500$	$+0{\cdot}0009$	$+0{\cdot}200$
Juli 17.	$0{\cdot}000$	$-0{\cdot}011$	$-0{\cdot}073$	$+0{\cdot}803$	$-0{\cdot}0047$	$+0{\cdot}206$
Aug. 6.	$0{\cdot}000$	$-0{\cdot}020$	$-0{\cdot}062$	$+1{\cdot}134$	$-0{\cdot}0105$	$+0{\cdot}206$
„ 26.	$+0{\cdot}001$	$-0{\cdot}029$	$-0{\cdot}054$	$+1{\cdot}488$	$-0{\cdot}0164$	$+0{\cdot}200$
Sept. 15.	$+0{\cdot}002$	$-0{\cdot}037$	$-0{\cdot}049$	$+1{\cdot}856$	$-0{\cdot}0224$	$+0{\cdot}187$
Oct. 5.	$+0{\cdot}003$	$-0{\cdot}046$	$-0{\cdot}048$	$+2{\cdot}231$	$-0{\cdot}0284$	$+0{\cdot}165$
„ 25.	$+0{\cdot}004$	$-0{\cdot}053$	$-0{\cdot}050$	$+2{\cdot}603$	$-0{\cdot}0341$	$+0{\cdot}137$
Nov. 14.	$+0{\cdot}006$	$-0{\cdot}060$	$-0{\cdot}056$	$+2{\cdot}964$	$-0{\cdot}0395$	$+0{\cdot}100$
Dec. 4.	$+0{\cdot}007$	$-0{\cdot}065$	$-0{\cdot}063$	$+3{\cdot}308$	$-0{\cdot}0445$	$+0{\cdot}055$
„ 24.	$+0{\cdot}009$	$-0{\cdot}069$	$-0{\cdot}073$	$+3{\cdot}620$	$-0{\cdot}0490$	$+0{\cdot}002$
1862 Jan. 13.	$+0{\cdot}011$	$-0{\cdot}072$	$-0{\cdot}084$	$+3{\cdot}896$	$-0{\cdot}0527$	$-0{\cdot}059$
Febr. 2.	$+0{\cdot}013$	$-0{\cdot}073$	$-0{\cdot}094$	$+4{\cdot}129$	$-0{\cdot}0557$	$-0{\cdot}126$
22.	$+0{\cdot}015$	$-0{\cdot}072$	$-0{\cdot}104$	$+4{\cdot}312$	$-0{\cdot}0578$	$-0{\cdot}200$
März 14.	$+0{\cdot}016$	$-0{\cdot}070$	$-0{\cdot}111$	$+4{\cdot}444$	$-0{\cdot}0588$	$-0{\cdot}278$
April 3.	$+0{\cdot}018$	$-0{\cdot}066$	$-0{\cdot}114$	$+4{\cdot}521$	$-0{\cdot}0587$	$-0{\cdot}360$
„ 23.	$+0{\cdot}020$	$-0{\cdot}060$	$-0{\cdot}112$	$+4{\cdot}551$	$-0{\cdot}0574$	$-0{\cdot}444$
Mai 13.	$+0{\cdot}021$	$-0{\cdot}053$	$-0{\cdot}105$	$+4{\cdot}522$	$-0{\cdot}0549$	$-0{\cdot}527$
Juni 2.	$+0{\cdot}022$	$-0{\cdot}045$	$-0{\cdot}091$	$+4{\cdot}446$	$-0{\cdot}0511$	$-0{\cdot}608$
„ 22.	$+0{\cdot}022$	$-0{\cdot}036$	$0{\cdot}071$	$+4{\cdot}328$	$-0{\cdot}0462$	$-0{\cdot}684$
Juli 12.	$+0{\cdot}023$	$-0{\cdot}026$	$-0{\cdot}043$	$+4{\cdot}180$	$-0{\cdot}0401$	$-0{\cdot}752$
Aug. 1.	$+0{\cdot}023$	$-0{\cdot}016$	$-0{\cdot}009$	$+4{\cdot}010$	$-0{\cdot}0331$	$-0{\cdot}811$
„ 21.	$+0{\cdot}022$	$-0{\cdot}006$	$+0{\cdot}031$	$+3{\cdot}826$	$-0{\cdot}0253$	$-0{\cdot}859$
Sept. 10.	$+0{\cdot}021$	$+0{\cdot}003$	$+0{\cdot}077$	$+3{\cdot}648$	$-0{\cdot}0169$	$-0{\cdot}894$
„ 30.	$+0{\cdot}020$	$+0{\cdot}012$	$+0{\cdot}126$	$+3{\cdot}469$	$-0{\cdot}0081$	$-0{\cdot}914$
Oct. 20.	$+0{\cdot}019$	$+0{\cdot}019$	$+0{\cdot}176$	$+3{\cdot}304$	$+0{\cdot}0009$	$-0{\cdot}920$
Nov. 9.	$+0{\cdot}017$	$+0{\cdot}025$	$+0{\cdot}226$	$+3{\cdot}162$	$+0{\cdot}0098$	$-0{\cdot}911$
„ 29.	$+0{\cdot}016$	$+0{\cdot}029$	$+0{\cdot}275$	$+3{\cdot}045$	$+0{\cdot}0183$	$-0{\cdot}887$
Dec. 19.	$+0{\cdot}014$	$+0{\cdot}032$	$+0{\cdot}320$	$+2{\cdot}955$	$+0{\cdot}0263$	$-0{\cdot}850$
1863 Jan. 8.	$+0{\cdot}012$	$+0{\cdot}033$	$+0{\cdot}360$	$+2{\cdot}889$	$+0{\cdot}0335$	$-0{\cdot}800$
„ 28.	$+0{\cdot}010$	$+0{\cdot}032$	$+0{\cdot}396$	$+2{\cdot}836$	$+0{\cdot}0398$	$-0{\cdot}741$
Febr. 17.	$+0{\cdot}008$	$+0{\cdot}031$	$+0{\cdot}423$	$+2{\cdot}811$	$+0{\cdot}0451$	$-0{\cdot}673$
März 9.	$+0{\cdot}007$	$+0{\cdot}028$	$+0{\cdot}442$	$+2{\cdot}796$	$+0{\cdot}0494$	$-0{\cdot}600$
„ 29.	$+0{\cdot}005$	$+0{\cdot}025$	$+0{\cdot}454$	$+2{\cdot}789$	$+0{\cdot}0526$	$-0{\cdot}522$

	$20\,di:dt$	$20\,d\Omega:dt$	$20\,d\varphi:dt$	$20\,d\pi:dt$	$400\,d\mu:dt$	$20\,dL:dt$
1863 April 18,	$+0''004$	$+0''021$	$+0''457$	$+2''780$	$+0''0546$	$-0''443$
Mai 8.	$+0\cdot003$	$+0\cdot017$	$+0\cdot454$	$+2\cdot763$	$+0\cdot0557$	$-0\cdot363$
„ 28.	$+0\cdot002$	$+0\cdot012$	$+0\cdot443$	$+2\cdot735$	$+0\cdot0557$	$-0\cdot286$
Juni 17.	$+0\cdot001$	$+0\cdot008$	$+0\cdot429$	$+2\cdot665$	$+0\cdot0548$	$-0\cdot211$
Juli 7.	$0\cdot000$	$+0\cdot004$	$+0\cdot408$	$+2\cdot598$	$+0\cdot0531$	$-0\cdot141$
„ 27.	$0\cdot000$	$0\cdot000$	$+0\cdot383$	$+2\cdot505$	$+0\cdot0507$	$-0\cdot076$
Aug. 16.	$0\cdot000$	$-0\cdot003$	$+0\cdot356$	$+2\cdot389$	$+0\cdot0477$	$-0\cdot017$
Sept. 5.	$0\cdot000$	$-0\cdot006$	$+0\cdot327$	$+2\cdot245$	$+0\cdot0441$	$+0\cdot036$
„ 25.	$0\cdot000$	$-0\cdot008$	$+0\cdot297$	$+2\cdot075$	$+0\cdot0401$	$+0\cdot082$
Oct. 15.	$0\cdot000$	$-0\cdot009$	$+0\cdot267$	$+1\cdot882$	$+0\cdot0357$	$+0\cdot121$
Nov. 4.	$0\cdot000$	$-0\cdot010$	$+0\cdot238$	$+1\cdot653$	$+0\cdot0311$	$+0\cdot153$
„ 24.	$0\cdot000$	$-0\cdot010$	$+0\cdot211$	$+1\cdot423$	$+0\cdot0264$	$+0\cdot179$
Dec. 14.	$0\cdot000$	$-0\cdot009$	$+0\cdot185$	$+1\cdot178$	$+0\cdot0216$	$+0\cdot198$
1864 Jan. 3.	$0\cdot000$	$-0\cdot008$	$+0\cdot162$	$+0\cdot922$	$+0\cdot0167$	$+0\cdot211$
„ 23.	$0\cdot000$	$-0\cdot007$	$+0\cdot142$	$+0\cdot661$	$+0\cdot0119$	$+0\cdot218$
Febr. 12.	$0\cdot000$	$-0\cdot005$	$+0\cdot125$	$+0\cdot398$	$+0\cdot0072$	$+0\cdot219$
März 3.	$0\cdot000$	$-0\cdot003$	$+0\cdot112$	$+0\cdot137$	$+0\cdot0027$	$+0\cdot216$
„ 23.	$0\cdot000$	$-0\cdot001$	$+0\cdot102$	$-0\cdot115$	$-0\cdot0016$	$+0\cdot208$
April 12.	$0\cdot000$	$+0\cdot002$	$+0\cdot095$	$-0\cdot356$	$-0\cdot0058$	$+0\cdot196$
Mai 2.	$0\cdot000$	$+0\cdot004$	$+0\cdot091$	$-0\cdot579$	$-0\cdot0096$	$+0\cdot180$
„ 22.	$0\cdot000$	$+0\cdot006$	$+0\cdot090$	$-0\cdot784$	$-0\cdot0131$	$+0\cdot162$
Juni 11.	$-0\cdot001$	$+0\cdot008$	$+0\cdot092$	$-0\cdot966$	$-0\cdot0163$	$+0\cdot140$
Juli 1.	$-0\cdot001$	$+0\cdot010$	$+0\cdot095$	$-1\cdot123$	$-0\cdot0190$	$+0\cdot116$
„ 21.	$-0\cdot002$	$+0\cdot011$	$+0\cdot100$	$-1\cdot252$	$-0\cdot0214$	$+0\cdot091$
Aug. 10.	$-0\cdot002$	$+0\cdot012$	$+0\cdot106$	$-1\cdot353$	$-0\cdot0234$	$+0\cdot064$
„ 30.	$-0\cdot002$	$+0\cdot013$	$+0\cdot112$	$-1\cdot425$	$-0\cdot0248$	$+0\cdot036$
Sept. 19.	$-0\cdot003$	$+0\cdot013$	$+0\cdot118$	$-1\cdot468$	$-0\cdot0259$	$+0\cdot008$
Oct. 9.	$-0\cdot003$	$+0\cdot012$	$+0\cdot123$	$-1\cdot485$	$-0\cdot0264$	$-0\cdot020$
„ 29.	$-0\cdot004$	$+0\cdot011$	$+0\cdot127$	$-1\cdot477$	$-0\cdot0264$	$-0\cdot047$
Nov. 18.	$-0\cdot004$	$+0\cdot009$	$+0\cdot129$	$-1\cdot449$	$-0\cdot0260$	$-0\cdot074$
Dec. 8.	$-0\cdot005$	$+0\cdot007$	$+0\cdot129$	$-1\cdot404$	$-0\cdot0251$	$-0\cdot100$
„ 28.	$-0\cdot005$	$+0\cdot004$	$+0\cdot126$	$-1\cdot346$	$-0\cdot0238$	$-0\cdot124$

mittlere Ekliptik $1870\cdot0$.

	$20\,di:dt$	$20\,d\Omega:dt$	$20\,d\varphi:dt$	$20\,d\pi:dt$	$400\,d\mu:dt$	$20\,dL:dt$
1865 Jan. 17.	$-0\cdot006$	$+0\cdot001$	$+0\cdot121$	$-1\cdot28$	$-0\cdot0220$	$-0\cdot146$
Febr. 6.	$-0\cdot006$	$-0\cdot003$	$+0\cdot113$	$-1\cdot22$	$-0\cdot0198$	$-0\cdot166$
„ 26.	$-0\cdot006$	$-0\cdot007$	$+0\cdot102$	$-1\cdot15$	$-0\cdot0173$	$-0\cdot183$
März 18.	$-0\cdot006$	$-0\cdot011$	$+0\cdot090$	$-1\cdot10$	$-0\cdot0144$	$-0\cdot198$

	$20\,di:dt$	$20\,d\Omega:dt$	$20\,d\varphi:dt$	$20\,d\pi:dt$	$400\,d\mu:dt$	$20\,dL:dt$
1865 April 7.	$-0\overset{.}{\,}006$	$-0\overset{.}{\,}016$	$+0\overset{.}{\,}075$	$-1\overset{.}{\,}06$	$-0\overset{.}{\,}0114$	$-0\overset{.}{\,}210$
„ 27.	$-0\cdot006$	$-0\cdot021$	$+0\cdot059$	$-1\cdot03$	$-0\cdot0081$	$-0\cdot219$
Mai 17.	$-0\cdot006$	$-0\cdot026$	$+0\cdot042$	$-1\cdot02$	$-0\cdot0047$	$-0\cdot225$
Juni 6.	$-0\cdot006$	$-0\cdot031$	$+0\cdot026$	$-1\cdot03$	$-0\cdot0012$	$-0\cdot227$
„ 26.	$-0\cdot006$	$-0\cdot035$	$+0\cdot009$	$-1\cdot06$	$+0\cdot0022$	$-0\cdot227$
Juli 16.	$-0\cdot005$	$-0\cdot040$	$-0\cdot007$	$-1\cdot11$	$+0\cdot0056$	$-0\cdot223$
Aug. 5.	$-0\cdot005$	$-0\cdot044$	$-0\cdot022$	$-1\cdot17$	$+0\cdot0089$	$-0\cdot217$
25.	$-0\cdot004$	$-0\cdot048$	$-0\cdot034$	$-1\cdot24$	$+0\cdot0120$	$-0\cdot207$
Sept. 14.	$-0\cdot004$	$-0\cdot051$	$-0\cdot044$	$-1\cdot33$	$+0\cdot0148$	$-0\cdot194$
Oct. 4.	$-0\cdot003$	$-0\cdot053$	$-0\cdot053$	$-1\cdot41$	$+0\cdot0174$	$-0\cdot179$
„ 24.	$-0\cdot002$	$-0\cdot055$	$-0\cdot058$	$-1\cdot49$	$+0\cdot0196$	$-0\cdot162$
Nov. 13.	$-0\cdot001$	$-0\cdot056$	$-0\cdot062$	$-1\cdot57$	$+0\cdot0215$	$-0\cdot142$
Dec. 3.	$-0\cdot001$	$-0\cdot057$	$-0\cdot063$	$-1\cdot64$	$+0\cdot0230$	$-0\cdot120$
„ 23.	$0\cdot000$	$-0\cdot057$	$-0\cdot062$	$-1\cdot69$	$+0\cdot0242$	-0.097
1866 Jan. 12.	$+0\cdot001$	$-0\cdot056$	$-0\cdot060$	$-1\cdot73$	$+0\cdot0249$	$-0\cdot073$
Febr. 1.	$+0\cdot002$	$-0\cdot054$	$-0\cdot057$	$-1\cdot74$	$+0\cdot0252$	$-0\cdot047$
„ 21.	$+0\cdot002$	$-0\cdot052$	$-0\cdot053$	$-1\cdot73$	$+0\cdot0251$	$-0\cdot021$
März 13.	$+0\cdot003$	$-0\cdot049$	$-0\cdot049$	$-1\cdot71$	$+0\cdot0247$	$+0\cdot006$
April 2.	$+0\cdot003$	$-0\cdot045$	$-0\cdot045$	$-1\cdot66$	$+0\cdot0238$	$+0\cdot032$
22.	$+0\cdot003$	$-0\cdot040$	$-0\cdot042$	$-1\cdot58$	$+0\cdot0225$	$+0\cdot058$
Mai 12.	$+0\cdot004$	$-0\cdot036$	$-0\cdot040$	$-1\cdot49$	$+0\cdot0209$	$+0\cdot084$
Juni 1.	$+0\cdot004$	$-0\cdot030$	$-0\cdot039$	$-1\cdot37$	$+0\cdot0189$	$+0\cdot108$
„ 21.	$+0\cdot003$	$-0\cdot025$	$-0\cdot041$	$-1\cdot24$	$+0\cdot0167$	$+0\cdot131$
Juli 11.	$+0\cdot003$	$-0\cdot019$	$-0\cdot045$	$-1\cdot09$	$+0\cdot0141$	$+0\cdot152$
„ 31.	$+0\cdot002$	$-0\cdot014$	$-0\cdot052$	$-0\cdot93$	$+0\cdot0112$	$+0\cdot170$
Aug. 20	$+0\cdot002$	$-0\cdot008$	$-0\cdot061$	$-0\cdot76$	$+0\cdot0080$	$+0\cdot186$
Sept. 9.	$+0\cdot001$	$-0\cdot003$	$-0\cdot073$	$-0\cdot58$	$+0\cdot0046$	$+0\cdot200$
29.	$0\cdot000$	$+0\cdot001$	$-0\cdot088$	$-0\cdot41$	$+0\cdot0011$	$+0\cdot209$
Oct. 19.	$-0\cdot002$	$+0\cdot005$	$-0\cdot106$	$-0\cdot23$	$-0\cdot0027$	$+0\cdot215$
Nov. 8.	$-0\cdot003$	$+0\cdot008$	$-0\cdot126$	$-0\cdot06$	$-0\cdot0066$	$+0\cdot217$
„ 28.	$-0\cdot005$	$+0\cdot010$	$-0\cdot150$	$+0\cdot11$	$-0\cdot0106$	$+0\cdot215$
Dec. 18.	$-0\cdot008$	$+0\cdot011$	$-0\cdot175$	$+0\cdot26$	$-0\cdot0146$	$+0\cdot208$
1867 Jan. 7.	$-0\cdot010$	$+0\cdot010$	$-0\cdot202$	$+0\cdot40$	$-0\cdot0187$	$+0\cdot196$
„ 27.	$-0\cdot012$	$+0\cdot007$	$-0\cdot231$	$+0\cdot52$	$-0\cdot0227$	$+0\cdot178$
Febr. 26.	$-0\cdot015$	$+0\cdot002$	$-0\cdot261$	$+0\cdot63$	$-0\cdot0267$	$+0\cdot156$
März 8.	$-0\cdot018$	$-0\cdot006$	$-0\cdot291$	$+0\cdot72$	$-0\cdot0305$	$+0\cdot128$
„ 28.	$-0\cdot021$	$-0\cdot015$	$-0\cdot321$	$+0\cdot79$	$-0\cdot0340$	$+0\cdot094$
April 17.	$-0\cdot024$	$-0\cdot028$	$-0\cdot350$	$+0\cdot84$	$-0\cdot0373$	$+0\cdot055$
Mai 7.	$-0\cdot027$	$-0\cdot043$	$-0\cdot377$	$+0\cdot87$	$-0\cdot0402$	$+0\cdot010$
27.	$-0\cdot030$	$-0\cdot061$	$-0\cdot402$	$+0\cdot88$	$-0\cdot0427$	$-0\cdot040$

	$20\,di:dt$	$20\,d\Omega:dt$	$20\,d\varphi:dt$	$20\,d\pi:dt$	$400\,d\mu:dt$	$20\,dL:dt$
1867 Juni 16.	—0˙033	—0˙082	—0˙423	+0˙88	—0˙0447	—0˙094
Juli 6.	—0˙036	—0 106	—0˙441	+0˙87	—0˙0460	—0˙152
„ 26.	—0˙038	—0˙132	—0˙454	+0˙86	—0˙0467	—0˙214
Aug. 15.	—0˙040	—0˙161	—0˙461	+0˙85	—0˙0466	—0˙278
Sept. 4.	—0˙042	—0˙191	—0˙463	+0˙84	—0˙0456	—0˙342
„ 24.	—0˙043	—0˙223	—0˙459	+0˙84	—0˙0438	—0˙406
Oct. 14.	—0˙043	—0˙256	—0˙449	+0˙87	—0˙0411	—0˙468
Nov. 3.	—0˙043	—0˙289	—0˙433	+0˙91	—0˙0375	—0˙526
„ 23.	—0˙042	—0˙321	—0˙411	+0˙99	—0˙0330	—0˙579
Dec. 13.	—0˙041	—0˙352	—0˙384	+1˙09	—0˙0276	—0˙625
1868 Jan. 2.	—0˙039	—0˙379	—0˙353	+1˙23	—0˙0216	—0˙662
22.	—0˙036	—0˙403	—0˙320	+1˙41	—0˙0149	—0˙688
Febr. 11.	—0˙032	—0˙423	—0˙284	+1˙61	—0˙0078	—0˙703
März 2.	—0˙028	—0˙437	—0˙249	+1˙84	—0˙0004	—0˙706
„ 22.	—0˙024	—0˙445	—0˙214	+2˙08	+0˙0070	—0˙698
April 11.	—0˙019	—0˙447	—0˙182	+2˙33	+0˙0143	—0˙677
Mai 1.	—0˙014	—0˙443	—0˙153	+2˙58	+0˙0212	—0˙644
„ 21.	—0˙009	—0˙433	—0˙128	+2˙81	+0˙0275	—0˙601
Juni 10.	—0˙005	—0˙417	—0˙108	+3˙01	+0˙0332	—0˙550
30.	0˙000	—0˙395	—0˙092	+3˙18	+0˙0379	—0˙492
Juli 20.	+0˙004	—0˙370	—0˙080	+3˙31	+0˙0416	—0˙429
Aug. 9.	+0˙007	—0˙340	—0˙072	+3˙38	+0˙0442	—0˙362
„ 26.	+0˙010	—0˙308	—0˙068	+3˙39	+0˙0458	—0˙295
Sept. 18.	+0˙012	—0˙275	—0 066	+3˙36	+0˙0463	—0˙228
Oct. 8.	+0˙014	—0˙241	—0˙065	+3˙26	+0˙0457	—0˙163
„ 28.	+0˙015	—0˙207	—0˙065	+3˙12	+0˙0442	—0˙103
Nov. 17.	+0˙015	—0˙174	—0˙064	+2˙92	+0˙0418	—0˙047
Dec. 7.	+0˙015	—0˙143	—0˙061	+2˙69	+0˙0386	+0˙002
„ 27.	+0˙014	—0˙114	—0˙057	+2˙43	+0˙0348	+0˙045
1869 Jan. 16.	+0˙013	—0˙088	—0˙050	+2˙16	+0˙0304	+0˙081
Febr. 5.	+0˙011	—0˙066	—0˙041	+1˙87	+0˙0256	+0˙110
25.	+0˙009	—0˙046	—0˙028	+1˙58	+0˙0206	+0˙132
März 17.	+0˙007	—0˙030	—0˙012	+1˙29	+0˙0154	+0˙146
April 6.	+0˙005	—0˙017	+0˙006	+1˙03	+0˙0102	+0˙155
„ 26.	+0˙003	—0˙008	+0˙025	+0˙79	+0˙0051	+0˙157
Mai 16.	+0˙001	—0˙001	+0˙047	+0˙58	+0˙0002	+0˙154
Juni 5.	—0˙001	+0˙002	+0˙069	+0˙40	—0˙0044	+0˙145
„ 25.	—0˙003	+0˙002	+0˙091	+0˙25	—0˙0087	+0˙133
Juli 15.	—0˙005	0˙000	+0˙112	+0˙14	—0˙0125	+0˙116
Aug. 4.	—0˙007	—0˙005	+0˙131	+0˙06	—0˙0159	+0˙097

	$20\,di:dt$	$20\,d\Omega:dt$	$20\,d\varphi:dt$	$20\,d\pi:dt$	$400\,d\mu:dt$	$20\,dL:dt$
1869 Aug. 24.	$-0°008$	$-0°011$	$+0°149$	$+0°01$	$-0°0187$	$+0°074$
Sept. 13.	$-0·009$	$-0·019$	$+0·163$	$-0·01$	$-0·0210$	$+0·050$
Oct. 3.	$-0·010$	$-0·028$	$+0·175$	$-0·01$	$-0·0227$	$+0·025$
23.	$-0·010$	$-0·038$	$+0·183$	$0·00$	$-0·0238$	$-0·001$
Nov. 12.	$-0·011$	$-0·048$	$+0·187$	$+0·02$	$-0·0243$	$-0·027$
Dec. 2.	$-0·011$	$-0·059$	$+0·189$	$+0·04$	$-0·0243$	$-0·053$
„ 22.	$-0·010$	$-0·070$	$+0·187$	$+0·07$	$-0·0238$	$-0·079$
1870 Jan. 11.	$-0·010$	$-0·080$	$+0·182$	$+0·08$	$-0·0228$	$-0·103$
„ 31.	$-0·009$	$-0·090$	$+0·176$	$+0·08$	$-0·0214$	$-0·126$
Febr. 20.	$-0·008$	$-0·099$	$+0·167$	$+0·07$	$-0·0196$	$-0·147$
März 12.	$-0·007$	$-0·108$	$+0·158$	$+0·04$	$-0·0175$	$-0·166$
April 1.	$-0·005$	$-0·115$	$+0·148$	$-0·01$	$-0·0152$	$-0·183$
„ 21.	$-0·004$	$-0·121$	$+0·138$	$-0·07$	$-0·0126$	$-0·197$
Mai 11.	$-0·002$	$-0·126$	$+0·128$	$-0·14$	$-0·0100$	$-0·209$
„ 31.	$-0·001$	$-0·130$	$+0·120$	$-0·23$	$-0·0072$	$-0·218$
Juni 20.	$+0·001$	$-0·132$	$+0·112$	$-0·33$	$-0·0043$	$-0·225$
Juli 10.	$+0·003$	$-0·133$	$+0·106$	$-0·44$	$-0·0015$	$-0·229$
„ 30.	$+0·005$	$-0·133$	$+0·102$	$-0·55$	$+0·0012$	$-0·231$
Aug. 19.	$+0·006$	$-0·132$	$+0·100$	$-0·66$	$+0·0039$	$-0·230$
Sept. 8.	$+0·008$	$-0·129$	$+0·099$	$-0·77$	$+0·0066$	$-0·226$
„ 28.	$+0·009$	$-0·125$	$+0·100$	$-0·88$	$+0·0090$	$-0·220$
Oct. 18.	$+0·011$	$-0·120$	$+0·102$	$-0·97$	$+0·0113$	$-0·212$
Nov. 7.	$+0·012$	$-0·115$	$+0·106$	$-1·06$	$+0·0134$	$-0·201$
27.	$+0·014$	$-0·108$	$+0·111$	$-1·14$	$+0·0154$	$-0·188$
Dec. 17.	$+0·015$	$-0·101$	$+0·116$	$-1·20$	$+0·0171$	$-0·174$
1871 Jan. 6.	$+0·016$	$-0·093$	$+0·122$	$-1·25$	$+0·0186$	$-0·158$
„ 26.	$+0·016$	$-0·084$	$+0·129$	$-1·29$	$+0·0199$	$-0·140$
Febr. 15.	$+0·017$	$-0·075$	$+0·135$	$-1·31$	$+0·0210$	$-0·121$
März 7.	$+0·017$	$-0·066$	$+0·140$	$-1·32$	$+0·0218$	$-0·100$
„ 27.	$+0·018$	$-0·057$	$+0·145$	$-1·32$	$+0·0224$	$-0·079$
April 16.	$+0·018$	$-0·047$	$+0·150$	$-1·31$	$+0·0228$	$-0·057$
Mai 6.	$+0·018$	$-0·038$	$+0·153$	$-1·28$	$+0·0229$	$-0·034$
„ 26.	$+0·017$	$-0·029$	$+0·155$	$-1·24$	$+0·0227$	$-0·011$
Juni 15.	$+0·017$	$-0·021$	$+0·155$	$-1·20$	$+0·0224$	$+0·013$
Juli 5.	$+0·016$	$-0·013$	$+0·153$	$-1·15$	$+0·0218$	$+0·036$
25.	$+0·015$	$-0·006$	$+0·150$	$-1·10$	$+0·0209$	$+0·059$
Aug. 14.	$+0·014$	$+0·001$	$+0·144$	$-1·04$	$+0·0198$	$+0·082$
Sept. 3.	$+0·013$	$+0·006$	$+0·137$	$-0·99$	$+0·0185$	$+0·103$
„ 23.	$+0·012$	$+0·011$	$+0·127$	$-0·93$	$+0·0169$	$+0·124$
Oct. 13.	$+0·010$	$+0·014$	$+0·116$	$-0·89$	$+0·0151$	$+0·144$

	$20\,di:dt$	$20\,d\Omega:dt$	$20\,d\varphi:dt$	$20\,d\pi:dt$	$400\,d\mu:dt$	$20\,dL:dt$
1871 Nov. 2.	$+0^{\cdot}009$	$+0^{\cdot}015$	$+0^{\cdot}102$	$-0^{\cdot}85$	$+0^{\cdot}0130$	$+0^{\cdot}162$
„ 22.	$+0\cdot007$	$+0\cdot016$	$+0\cdot087$	$-0\cdot82$	$+0\cdot0107$	$+0\cdot178$
Dec. 12.	$+0\cdot005$	$+0\cdot014$	$+0\cdot069$	$-0\cdot80$	$+0\cdot0082$	$+0\cdot192$
1872 Jan. 1.	$+0\cdot004$	$+0\cdot011$	$+0\cdot049$	$-0\cdot79$	$+0\cdot0055$	$+0\cdot203$
„ 21.	$+0\cdot002$	$+0\cdot006$	$+0\cdot029$	$-0\cdot80$	$+0\cdot0026$	$+0\cdot212$
Febr. 10.	$0\cdot000$	$-0\cdot001$	$+0\cdot006$	$-0\cdot83$	$-0\cdot0004$	$+0\cdot218$
März 1.	$-0\cdot002$	$-0\cdot009$	$-0\cdot017$	$-0\cdot88$	$-0\cdot0037$	$+0\cdot221$
„ 21.	$-0\cdot004$	$-0\cdot021$	$-0\cdot041$	$-0\cdot94$	$-0\cdot0071$	$+0\cdot220$
April 10.	$-0\cdot005$	$-0\cdot034$	$-0\cdot066$	$-1\cdot02$	$-0\cdot0106$	$+0\cdot214$
„ 30.	$-0\cdot007$	$-0\cdot049$	$-0\cdot090$	$-1\cdot13$	$-0\cdot0142$	$+0\cdot205$
Mai 20.	$-0\cdot008$	$-0\cdot067$	$-0\cdot115$	$-1\cdot25$	$-0\cdot0179$	$+0\cdot191$
Juni 9.	$-0\cdot010$	$-0\cdot086$	$-0\cdot138$	$-1\cdot39$	$-0\cdot0215$	$+0\cdot172$
„ 29.	$-0\cdot010$	$-0\cdot108$	$-0\cdot161$	$-1\cdot54$	$-0\cdot0251$	$+0\cdot148$
Juli 19.	$-0\cdot011$	$-0\cdot131$	$-0\cdot182$	$-1\cdot70$	$-0\cdot0286$	$+0\cdot119$
Aug. 8.	$-0\cdot011$	$-0\cdot156$	$-0\cdot201$	$-1\cdot86$	$-0\cdot0318$	$+0\cdot085$
„ 28.	$-0\cdot011$	$-0\cdot182$	$-0\cdot217$	$-2\cdot03$	$-0\cdot0348$	$+0\cdot046$
Sept. 17.	$-0\cdot010$	$-0\cdot209$	$-0\cdot231$	$-2\cdot19$	$-0\cdot0373$	$+0\cdot002$
Oct. 7.	$-0\cdot009$	$-0\cdot236$	$-0\cdot242$	$-2\cdot33$	$-0\cdot0394$	$-0\cdot046$
„ 27.	$-0\cdot007$	$-0\cdot262$	$-0\cdot251$	$-2\cdot45$	$-0\cdot0408$	$-0\cdot099$
Nov. 16.	$-0\cdot005$	$-0\cdot288$	$-0\cdot256$	$-2\cdot54$	$-0\cdot0415$	$-0\cdot154$
Dec. 6.	$-0\cdot002$	$-0\cdot312$	$-0\cdot259$	$-2\cdot59$	$-0\cdot0414$	$-0\cdot211$
„ 26.	$+0\cdot001$	$-0\cdot333$	$-0\cdot258$	$-2\cdot59$	$-0\cdot0403$	$-0\cdot268$
1873 Jan. 15.	$+0\cdot005$	$-0\cdot350$	$-0\cdot257$	$-2\cdot54$	$-0\cdot0382$	$-0\cdot325$
Febr. 4.	$+0\cdot009$	$-0\cdot364$	$-0\cdot254$	$-2\cdot42$	$-0\cdot0350$	$-0\cdot378$
„ 24.	$+0\cdot014$	$-0\cdot371$	$-0\cdot251$	$-2\cdot24$	$-0\cdot0307$	$-0\cdot427$
März 16.	$+0\cdot018$	$-0\cdot373$	$-0\cdot249$	$-1\cdot99$	$-0\cdot0253$	$-0\cdot468$
April 5.	$+0\cdot023$	$-0\cdot368$	$-0\cdot248$	$-1\cdot70$	$-0\cdot0190$	$-0\cdot500$
„ 25.	$+0\cdot027$	$-0\cdot357$	$-0\cdot249$	$-1\cdot35$	$-0\cdot0119$	$-0\cdot522$
Mai 15.	$+0\cdot031$	$-0\cdot340$	$-0\cdot253$	$-0\cdot98$	$-0\cdot0042$	$-0\cdot532$
Juni 4.	$+0\cdot035$	$-0\cdot316$	$-0\cdot260$	$-0\cdot59$	$+0\cdot0038$	$-0\cdot530$
„ 24.	$+0\cdot037$	$-0\cdot287$	$-0\cdot270$	$-0\cdot20$	$+0\cdot0119$	$-0\cdot515$
Juli 14.	$+0\cdot039$	$-0\cdot254$	$-0\cdot281$	$+0\cdot15$	$+0\cdot0195$	$-0\cdot486$
Aug. 3.	$+0\cdot040$	$-0\cdot219$	$-0\cdot293$	$+0\cdot45$	$+0\cdot0264$	$-0\cdot447$
„ 23.	$+0\cdot040$	$-0\cdot182$	$-0\cdot304$	$+0\cdot73$	$+0\cdot0325$	$-0\cdot399$
Sept. 12.	$+0\cdot039$	$-0\cdot146$	$-0\cdot313$	$+0\cdot93$	$+0\cdot0374$	$-0\cdot343$
Oct. 2.	$+0\cdot037$	$-0\cdot111$	$-0\cdot320$	$+1\cdot06$	$+0\cdot0409$	$-0\cdot283$
„ 22.	$+0\cdot035$	$-0\cdot079$	$-0\cdot321$	$+1\cdot13$	$+0\cdot0429$	$-0\cdot221$
Nov. 11.	$+0\cdot031$	$-0\cdot051$	$-0\cdot317$	$+1\cdot14$	$+0\cdot0434$	$-0\cdot159$
Dec. 1.	$+0\cdot028$	$-0\cdot027$	$-0\cdot306$	$+1\cdot10$	$+0\cdot0426$	$-0\cdot100$
„ 21.	$+0\cdot024$	$-0\cdot008$	$-0\cdot289$	$+1\cdot03$	$+0\cdot0404$	$-0\cdot044$
1874 Jan. 10.	$+0\cdot020$	$+0\cdot007$	$-0\cdot266$	$+0\cdot94$	$+0\cdot0372$	$+0\cdot005$

Die Integration der vorstehenden Werthe ergab mir die speciellen Störungswerthe, die ich der leichteren und bequemeren Anwendung halber in zwei Tafeln am Schlusse dieser Abhandlung gebracht habe. Die Tafeln selbst bedürfen wohl kaum einer näheren Erläuterung, indem die jeder Tafel vorangesetzten Bemerkungen das Nöthige zu ihrer richtigen Anwendung angeben; nur möchte ich hier hervorheben, daß die Störungsrechnung bis zum Jahre 1874 deßhalb vorgenommen wurde, damit die Berechnung der Ephemeriden für die nächsten Jahre fast ganz ohne Mühe stattfinden kann; zu deren leichteren Fortsetzung habe ich vor den eben erwähnten Störungstafeln den Schluß der Summation eingeschaltet.

Ich kann nun daran gehen die Beobachtungen mit den obigen Elementen zu vergleichen, und werde zu diesem Ende eine jede Opposition für sich allein vornehmen. Als allgemeine Regel bei der Auswahl der Beobachtungen galt mir, daß dieselbe entweder an einem Meridianinstrumente angestellt wurde oder falls dieselbe eine differentielle Beobachtung war, daß die zu Grunde gelegte Vergleichssternposition durch neuere Beobachtungen ermittelt wurde; gründen sich mehrere derartige Beobachtungen auf ein und denselben Vergleichsstern, so habe ich diese zusammen im Mittel als eine Beobachtung (Gewicht 1) angenommen, von der allerdings nicht ganz streng richtigen Voraussetzung ausgehend, daß die Fehler in der Mikrometermessung klein sind im Verhältniß zu den Fehlern in der absoluten Sternposition. Außerdem habe ich nur der jeweiligen Opposition nicht zu ferne Beobachtungen zur Rechnung herbeigezogen und meine dadurch viel Zeit erspart zu haben, ohne daß der Genauigkeit ein wesentlicher Eintrag geschieht.

I. Opposition (1860).

Um die Beobachtungen dieser Opposition mit obigen Elementen vergleichen zu können, ist die Kenntniß der Erdorte nöthig und es schien mir angemessen, die Sonnencoordinaten nicht dem Berliner Jahrbuche zu entlehnen, sondern dieselben direct aus den neueren Sonnentafeln abzuleiten; da vom Jahre 1863 ab innerhalb des Zeitraumes, in welchen die vorliegende Bahnbestimmung fällt, das Berliner Jahrbuch die Sonnentafeln von Hansen und Olufsen benützt, so habe ich auch diese zur Herleitung der Ephemeriden für die Jahre 1860 und 1862 angewendet, um so eine homogene Basis

für die gesammte Untersuchung zu erlangen. Ich habe so gefunden
für die Sonnenephemeride:

12^h m. Berl. Zeit.	wahre Länge	Breite	log$R$	Nutation
1860 Sept. 16.	174°15'56'6	—0'50	0·0019350	+15'21
18.	176 13 15·8	—0·50	0·0016915	+15·13
20.	178 10 42·1	—0·39	0·0014440	+15·06
22.	180 8 15·3	—0·19	0·0011936	+14·99
24.	182 5 55·3	+0·08	0·0009415	+14·92
26.	184 3 42·4	+0·32	0·0006891	+14·85
28.	186 1 36·7	+0·50	0·0004376	+14·79
30.	187 59 39·1	+0·59	0·0001876	+14·72
Oct. 2.	189 57 49·7	+0·56	9·9999395	+14·65
4.	191 56 9·3	+0·41	9·9996931	+14·60
6.	193 54 37·9	+0·17	9·9994480	+14·54
8.	195 53 15·8	—0·09	9·9992036	+14·47
10.	197 52 3·0	—0·34	9·9989589	+14·42

Indem ich für den astronomischen Jahresanfang annahm: Januar
0·663, reducirte ich die obigen polaren Coordinaten auf das mittlere
Äquinoctium dieser Zeitepoche und berechnete dann sofort die rechtwinckligen Sonnencoordinaten und fand so:

12^h m. Berl. Zeit.	X	Y	Z
1860 Sept. 16.	—0·9994142	+0·0922945	+0·0400466
18.	—1·0017033	+0·0609251	+0·0264347
20.	—1·0028154	+0·0294880	+0·0127938
22.	—1·0027498	—0·0019786	—0·0008593
24.	—1·0015073	—0·0334371	—0·0145086
26.	—0·9990900	—0·0648512	—0·0281387
28.	—0·9955019	—0·0961849	—0·0417343
30.	—0·9907452	—0·1274049	—0·0552811
Oct. 2.	—0·9848241	—0·1584754	—0·0687635
4.	—0·9777414	—0·1893628	—0·0821672
6.	—0·9695011	—0·2200301	—0·0954759
8.	—0·9601084	—0·2504424	—0·1086737
10.	—0·9495689	—0·2805602	—0·1217442

Ich habe nun aus den oben angeführten Elementen in Verbindung mit den im Anhange mitgetheilten Störungswerthen die folgenden Elemente abgeleitet, die für 1860 Sept. 30·0 Mittl. Berliner
Zeit osculiren und die sich auf das mittlere Äquinoctium 1860,0
beziehen

$$1860 \text{ Sept. } 30 \cdot 0$$

$$L = \quad 8°49'28"44$$
$$M = 352 \quad 3 \ 58 \cdot 64$$
$$\pi = \quad 16 \ 45 \ 29 \cdot 80$$
$$\Omega = 170 \ 19 \ 53 \cdot 66$$
$$i = \quad 8 \ 37 \ 40 \cdot 41$$
$$\varphi = \quad 6 \ 44 \ 16 \cdot 36$$
$$\mu = 793"8212$$
$$\log a = 0 \cdot 4335226$$

woraus zur Berechnung der rechtwinkligen Coordinaten mit Einführung der excentrischen Anomalien (E) gefunden wird

$$x = [0 \cdot 4331329] \sin (E + 106°45'20"59) - 0 \cdot 3045720$$
$$y = [0 \cdot 4158333] \sin (E + \ 17 \ 21 \ 50 \cdot 03) - 0 \cdot 0912197$$
$$z = [9 \cdot 8441446] \sin (E + \ 11 \ 33 \ 11 \cdot 25) - 0 \cdot 0164125 .$$

Die in die eckigen Klammern eingeschlossenen Coëfficienten sind logarithmisch angesetzt. Die unten angesetzte Ephemeride nun ist aus diesen Zahlen ohne Berücksichtigung des störenden Einflusses der Planeten abgeleitet worden, was eine gestattete Übergehung ist, wenn man bedenkt, daß nur Orte berechnet werden, die in. unmittelbarer Nähe der Osculationsepoche liegen.

Ich fand dem zu Folge:

Ephemeride.

12^{h} m. Berl. Zt.	α	δ	$\log\Delta$	Abrrzt.
1860 Sept. 16.	$0^{h}37^{m}12 \cdot 646$	$+0°34' \ 9"34$	$0 \cdot 151578$	$11^{m}45 \cdot 8$
17.	0 36 33·985	+0 25 4·61	0·150679	11 44·3
18.	0 35 54·557	+0 15 56·16	0·149858	11 43·0
19.	0 35 14·420	+0 6 44·55	0·149116	11 41·8
20.	0 34 33·639	—0 2 29·62	0·148451	11 40·7
21.	0 33 52·274	—0 11 45·75	0·147867	11 39·8
22.	0 33 10·389	—0 21 3·26	0·147364	11 39·0
23.	0 32 28·048	—0 30 21·55	0·146941	11 38·3
24.	0 31 45·314	—0 39 40·05	0·146600	11 37·7
25.	0 31 2·251	—0 48 58·18	0·146341	11 37·3
26.	0 30 18·923	—0 58 15·34	0·146164	11 37·0
27.	0 29 35·397	—1 7 30·94	0·146070	11 36·9
28.	0 28 51·733	—1 16 44·43	0·146058	11 36·9
„ 29.	0 28 7·991	—1 25 55·23	0·146128	11 37·0
„ 30.	0 27 24·236	—1 35 2·77	0·146280	11 37·2
Oct. 1.	0 26 40·540	—1 44 6·45	0·146515	11 37·6

12^h m. Berl. Zt.	α	δ	$\log\Delta$	Abrrzt.
1860 Oct. 2.	$0^h25^m56\cdot961$	$-1°53'\ 5''74$	$0\cdot146832$	$11^m38\cdot1$
3.	0 25 13·559	$-2\ 2\ \ 0·09$	$0\cdot147231$	11 38·7
4.	0 24 30·403	$-2\ 10\ 48·92$	$0\cdot147711$	11 39·5
5.	0 23 47·559	$-2\ 19\ 31·64$	$0\cdot148272$	11 40·4
6.	0 23 5·089	$-2\ 28\ \ 7·74$	$0\cdot148913$	11 41·4
7.	0 22 23·052	$-2\ 36\ 36·66$	$0\cdot149634$	11 42·6
8.	0 21 41·515	$-2\ 44\ 57·90$	$0\cdot150435$	11 43·9
9.	0 21 0·547	$-2\ 53\ 10·92$	$0\cdot151314$	11 45·3
10.	0 20 20·207	$-3\ \ 1\ 15·25$	$0\cdot152270$	11 46·9

Die von mir in dieser Opposition benützten Refractorbeobachtungen beruhen auf den unten angeführten Vergleichssternen, über deren Coordinaten ich die folgenden Annahmen gemacht habe.

Vergleichssterne für 1860,0.

	α	δ		
	$0^h17^m20·57$	$-2°59'37''1$	Robinson	
	20·57	38·9	Pariser M. B.	
ang.	0 17 20·57	-2 59 38·0		
b	0 20 45·72	-2 27 20·4	Königsberg. M. B.	
c	0 22 44·10	-1 53 21·0	Mädler	Eigenb.
	44·37	19·5	Robinson	$d\alpha = +0·016$
	44·35	20·9	7 year Cat.	$d\delta = -0·05$
ang.	0 22 44·27	-1 53 20·5		
d	0 27 46·42	-2 4 54·0	7 year Cat.	
	46·62	54·1	Pariser M. B.	
ang.	0 27 46·52	-2 4 54·1		

Die Beobachtungen, wie ich dieselben der Rechnung zu Grunde gelegt habe, sind in der folgenden Übersicht enthalten, zu der ich bemerke, daß die letzte mit $*$ bezeichnete Columne sich auf die Art der Beobachtung bezieht, und falls eine Refractorbeobachtung vorliegt, den Hinweis auf den benützten Vergleichsstern enthält; die vorgesetzte Parallaxe ist mit dem Newcomb'schen Werthe der mittleren Sonnenparallaxe, nämlich 8″848, berechnet.

Beobachtungen.

Datum	Ort	Ortszeit	α	Parall.	δ	Parall.	
1860 Sept. 17.	Wien	$12^h48^m\ 6^s$	$0^h36^m33·42$	0·00	$+0°24'52''9$	$+4''6$	Mer.
18.	Greenw.	12 43 17	0 35 52·15	0·00	$+0$ 15 18·9	$+4·9$	Mer.
19.	„	12 38 41	0 35 12·32	0·00	$+0$ 6 9·4	$+4·9$	Mer.
22.	Wien	12 25 9	0 33 10·43	0·00	-0 21 9·3	$+4·7$	Mer.

Datum	Ort	Ortszeit	α	Parall.	δ	Parall.	
1860 Sept. 24.	Wien	$12^h15^m37^\bullet$	$0^h31^m45\cdot58$	$0\cdot00$	$-0°39'43''5$	$+4''7$	Mer.
25.		12 11 9	0 31 2·97	0·00	-0 48 59 8	$+4\cdot8$	Mer.
„ 25.	Greenw.	12 10 55	0 31 0·78	0·00	-0 49 21·2	$+5\cdot0$	Mer.
Oct. 2.	Hartwell	13 21 35	0 25 52·99	$+0\cdot11$	-1 53 55·6	$+5\cdot1$	c
3.	„	9 34 50	0 25 16·71	$-0\cdot13$	-2 1 28·9	$+5\cdot0$	c
3.	Paris	10 40 19	0 25 15·27	$-0\cdot06$	-2 1 46·9	$+4\cdot9$	d
3.	Hartwell	10 51 47	0 25 14·35	$-0\cdot05$	-2 1 56·9	$+5\cdot1$	c
3.	Greenw.	11 33 41	0 25 13·32	0·00	-2 2 9·9	$+5\cdot0$	Mer.
9.	Königsb.	11 5 57	0 21 2·69	0·00	-2 52 46·8	$+5\cdot3$	b
9.	Paris	11 22 16	0 21 0·59	$+0\cdot02$	-2 53 11·8	$+4\cdot9$	a
9.		12 17 56	0 20 59·10	$+0\cdot09$	-2 53 30·2	$+4\cdot9$	a

Diese Beobachtungen nun habe ich mit der oben stehenden
Ephemeride verglichen und finde die folgenden Unterschiede und
zwar im Sinne: Beobachtung — Rechnung.

			$d\alpha$	$d\delta$	
1860 Sept. 17.	Wien		$+0\cdot10$	$+2'2$	Mer.
18.	Greenwich		$-0\cdot05$	$+0\cdot2$	Mer.
19.			$+0\cdot16$	$-0\cdot3$	Mer.
22.	Wien		$+0\cdot09$	$-0\cdot7$	Mer.
24.			$+0\cdot03$	$-1\cdot8$	Mer.
25.			$+0\cdot35$	$-1\cdot6$	Mer.
„ 25.	Greenwich		$+0\cdot12$	$+2\cdot5$	Mer.
Oct. 2.	Hartwell		$-0\cdot03$	$+2\cdot5$	c
3.	„		$+0\cdot02$	$-0\cdot7$	c
3.	Paris		$+0\cdot24$	$+0\cdot7$	d
3.	Hartwell		$+0\cdot05$	$-0\cdot2$	c
3.	Greenwich		$+0\cdot23$	$+0\cdot9$	Mer.
9.	Königsberg		$-0\cdot52$	$-2\cdot6$	b
9.	Paris		$-0\cdot08$	$+2\cdot2$	a
9.			$+0\cdot07$	$+2\cdot7$	a

Mit Berücksichtigung des oben (pag. 671) angenommenen Vor-
ganges bei der Zusammenfassung von Beobachtungen, die auf dem-
selben Vergleichsstern beruhen, fand ich als Ephemeridencorrection

$$1860 \text{ Sept. } 27\cdot5; \quad d\alpha = +0''063 \quad d\delta = +0''20.$$

Daraus leitete ich den folgenden schon auf das mittlere Äquinoctium 1860,0 bezogenen Normalort ab:

$$1860 \text{ Sept. } 27\cdot5; \quad \alpha = 7°23'4''6, \quad \delta = -1°7'51''8.$$

Die Störungswerthe für die Zeit des Normalortes werden nach
den im Anhange mitgetheilten Tafeln gefunden.

$$\text{♃} \qquad\qquad \text{♄}$$

1860 Sept. 27·5	Δi	$+$	24˙55	$-$	0˙46
	$\Delta\Omega$	$+$	3˙36·04	$+$	0·24
	$\Delta\pi$	$-1°27$	10·04	$-1˙54·73$	
	$\Delta\varphi$	$+$	19·75	$-$	5·92
	ΔL	$+$	19 12·69	$+$	13·45
	$\Delta\mu$	$-0˙1574$		$-0˙0020.$	

Für die ferneren Rechnungen ist es aber etwas bequemer die Störungswerthe, die sich hier auf die Ekliptik als Fundamentalebene beziehen, auf den Äquator zu übertragen; die Formeln, die man in diesem Falle anwenden kann, habe ich in meiner Abhandlung über die definitive Bahnbestimmung des Planeten ⑤⑧ Concordia (Sitzungsberichte LVII. Bde. II. Abthlg. Märzheft 1868) angegeben und finden nach denselben für die Summe der Störungen.

$$\text{♃} + \text{♄}$$

$\Delta L'$	$+$	19˙20˙38
$\Delta\pi'$	$-1°29$	10·53
$\Delta\Omega'$	$-$	1 36·66
$\Delta i''$	$-$	31·68
$\Delta\varphi$	$+$	13·83
$\Delta\mu$	$-0˙1594.$	

II. Opposition (1862).

Die Sonnentafeln von Hansen und Olufsen ließen mich finden:

12^h m. Berl. Zeit	wahre Länge	Breite	$\log R$	Nutation
1862 Febr. 6.	317°58'58˙4	$-0˙05$	9·9941387	$+18˙54$
8.	320 0 24·8	$-0·26$	9·9942907	$+18·53$
10.	322 1 45·0	$-0·53$	9·9944507	$+18·51$
12.	324 2 58·6	$-0·77$	9·9946193	$+18·49$
14.	326 4 6·1	$-0·94$	9·9947966	$+18·46$
16.	328 5 7·7	$-1·00$	9·9949823	$+18·42$
18.	330 6 3·8	$-0·94$	9·9951761	$+18·38$
20.	332 6 54·4	$-0·76$	9·9953769	$+18·34$
„ 22.	334 7 39·6	$-0·52$	9·9955835	$+18·30$
24.	336 8 19·0	$-0·24$	9·9957945	$+18·24$
26.	338 8 52·4	$-0·03$	9·9960089	$+18·17$
28.	340 9 19·2	$+0·15$	9·9962258	$+18·11$
März 2.	342 9 38·7	$+0·19$	9·9964444	$+18·04$

Daraus ergaben sich nun die auf das mittlere Äquinoctium 1862·0 bezogenen rechtwinckligen Coordinaten der Sonne:

12^h m. Berl. Zeit	X	Y	Z
1862 Febr. 6.	$+0·7329098$	$-0·6058814$	$-0·2629064$
8.	$+0·7560425$	$-0·5819618$	$-0·2525282$
10.	$+0·7782439$	$-0·5573305$	$-0·2418416$
12.	$+0·7994891$	$-0·5320207$	$-0·2308603$
14.	$+0·8197566$	$-0·5060619$	$-0·2195970$
16.	$+0·8390237$	$-0·4794848$	$-0·2080649$
18.	$+0·8572700$	$-0·4523202$	$-0·1962772$
20.	$+0·8744728$	$-0·4245996$	$-0·1842478$
22.	$+0·8906110$	$-0·3963553$	$-0·1719907$
24.	$+0·9056633$	$-0·3676221$	$-0·1595212$
26.	$+0·9196107$	$-0·3384348$	$-0·1468549$
28.	$+0·9324347$	$-0·3088312$	$-0·1340084$
März 2.	$+0·9441191$	$-0·2788504$	$-0·1209987$

Zur Herleitung einer Ephemeride wurden Elemente abgeleitet, die für die Epoche 1862 Febr. 12·0 osculiren; es fand sich:

Epoche und Osculation 1862. Febr. 12·0.
mittl. Äq. 1862·0.

$$L = 119°\ 8'20''62$$
$$M = 102\ 12\ 15·72$$
$$\pi = 16\ 56\ 4·90$$
$$\Omega = 170\ 21\ 31·57$$
$$i = 8\ 37\ 41·36$$
$$\varphi = 6\ 43\ 16·33$$
$$\mu = 793''7073$$
$$\log a = 0·4335641$$

und die Constanten zur Berechnung der rechtwinckligen Coordinaten

$$x = [0·4331714] \sin (E + 106°55'53''02) - 0·3035681$$
$$y = [0·4158962] \sin (E + 17\ 32\ 21·73) - 0·0918991$$
$$z = [9·8441600] \sin (E + 11\ 44\ 39·82) - 0·0166399.$$

Ephemeride.

12^h m. Berl. Zeit	α	δ	$\log\Delta$	Abrrzt.
1862 Febr. 6.	$8^h29^m35·681$	$+10°20'46''54$	$0·264897$	$15^m16·2$
7.	$8\ 28\ 46·349$	$+10\ 26\ 53·79$	$0·265753$	$15\ 18·0$
8.	$8\ 27\ 57·712$	$+10\ 33\ 1·85$	$0·266674$	$15\ 19·9$
9.	$8\ 27\ 9·827$	$+10\ 39\ 10·42$	$0·267659$	$15\ 22·0$

12^h m. Berl. Zeit.	α	δ	$\log\Delta$	Abrrzt.
1862 Febr. 10.	$8^h26^m22 \cdot 746$	$+10°45'19'20$	$0 \cdot 268707$	$15^m24 \cdot 2$
11.	8 25 36·524	+10 51 27·87	0.269818	15 26·6
12.	8 24 51·203	+10 57 36·16	0·270989	15 29·1
13.	8 24 6·828	+11 3 43·78	0·272220	10 31·7
14.	8 23 23·441	+11 9 50·46	0·273510	15 34·5
15.	8 22 41·086	+11 15 55·91	0·274858	15 37·4
16.	8 21 59·801	+11 21 59·91	0·276262	15 40·5
17.	8 21 19·629	+11 28 2·20	0·277721	15 43·6
18.	8 20 40·605	+11 34 2·54	0·279234	15 46·9
19.	8 20 2·765	+11 40 0·67	0·280799	15 50·3
20.	8 19 26·143	+11 45 56·37	0·282416	15 53·9
21.	8 18 50·774	+11 51 49·37	0·284083	15 57·6
22.	8 18 16·689	+11 57 39·48	0·285798	16 1·3
23.	8 17 43·924	+12 3 26·48	0·287560	16 5·2
24.	8 17 12·505	+12 9 10·15	0·289368	16 9·3
25.	8 16 42·460	+12 14 50·27	0·291220	16 13·4
26.	8 16 13·812	+12 20 26·65	0·293114	16 17·7
27.	8 15 46·588	+12 25 59·08	0·295050	16 22·0
„ 28.	8 15 20·808	+12 31 27·40	0·297025	16 26·5
März 1.	8 14 56·494	+12 36 51·44	0·299038	16 31·1
2.	8 14 33·667	+12 42 11·04	0·301088	16 35·8

Vergleichssterne für 1862,0.

	α	δ	
a	$8^h15^m45 \cdot 76$	$+12° 3'33'2$	Pariser M. B.
b	8 17 15·79	+12 11 14·0	Wiener
c	8 17 18·58	+12 40 49·6	Pariser
d	8 18 56·30	+11 57 43·9	Leidener
e	8 19 16·07	+11 28 25·9	Pariser
f	8 19 57·39	+11 42 18·8	Berliner „
g	8 20 27·12	+12 9 32·2	Schjellerup 3094
	27·17	32·0	Pariser M. B.
ang.	8 20 27·14	+12 9 32·1	
h	8 23 39·56	+12 19 1·2	Pariser M. B.
i	8 26 53·14	+10 45 54·2	Berliner
k	8 27 42·46	+10 29 42·1	
l	8 28 24·80	+10 22 58·7	

Beobachtungen.

Datum	Ort	Ortszeit	α	Parall.	δ	Parall.	*
1862 Febr. 7.	Berlin	14ʰ14ᵐ 8ˢ	8ʰ28ᵐ42·05	+0·14	+10°27'21"0	+3"3	l
7.	Cambr. US.	10 17 15	8 28 38·96	—0·06	+10 27 47·6	+2·5	l
8.	Berlin	8 45 0	8 28 4·64	—0·12	+10 32 6·9	+3·3	k
8.	Leiden	10 36 8	8 27 59·60	—0·02	+10 32 47·8	+3·2	k
9.	Berlin	11 2 46	8 27 12·04	0·00	+10 38 50·2	+3·2	i
18.	Paris	12 17 33	8 20 39·06	+0·10	+11 34 15·2	+2·9	e
19.	Berlin	11 42 33	8 20 3·42	+0·07	+11 39 49·0	+3·1	f
21.	Leiden	12 29 23	8 18 49·12	+0·11	+11 51 52·6	+3·1	d
22.	„	9 17 38	8 18 19·80	—0·04	+11 56 57·6	+3·0	d
22.	Paris	9 27 15	8 18 19·32	—0·04	+11 57 8·5	+2·7	a
22.	Leiden	10 8 18	8 18 18·47	0·00	+11 57 20·0	+3·0	Mer.
22.	Paris	11 19 53	8 18 16·84	+0·06	+11 57 36·8	+2·8	a
25.	„	9 2 45	8 16 45·33	—0·05	+12 14 16·9	+2·7	g
25.	Washington	9 5 48	8 16 38·36	—0·05	+12 15 25·8	+2·0	a
27.	Paris	9 28 26	8 15 48·65	—0·01	+12 25 31·5	+2·6	h
„ 27.	Wien	11 24 25	8 15 47·38	+0·09	+12 25 44·3	+2·7	b
„ 28.	„	8 4 54	8 15 25·13	—0·08	+12 30 25·1	+2·6	b
März 1.	Leiden	9 37 29	8 14 58·22	0·00	+12 36 24·3	+2·8	Mer.
1.	Paris	9 58 2	8 14 57·80	+0·02	+12 36 29·1	+2·6	c

Vergleichung der Beobachtungen mit der Ephemeride.

		dα	dδ	
1862 Febr. 7.	Berlin	—0·12	+0"2	l
7.	Cambridge US.	+0·04	0·0	l
8.	Berlin	—0·25	+2·1	k
8.	Leiden	—0·26	+5·4	k
9.	Berlin	—0·18	+1·6	i
18.	Paris	—0·22	+4·1	e
19.	Berlin	—0·14	—0·3	f
21.	Leiden	—0·36	—5·6	d
22.	„	—0·25	—4·3	d
22.	Paris	—0·31	+1·9	a
22.	Leiden	—0·35	+3·0	Mer.
22.	Paris	—0·07	+3·0	a
25.	„	—0·23	+4·5	g
25.	Washington	—0·50	—3·1	a
27.	Paris	—0·23	+3·4	h
27.	Wien	—0·29	+2·6	b
„ 28.	„	—0·36	+0·1	b
März 1.	Leiden	—0·30	+3·3	Mer.
1.	Paris	—0·22	+1·3	c

Als Ephemeridencorrection habe ich angenommen:

1862 Febr. 20·5; $d\alpha = -0·236$, $d\delta = +1"67$

und demnach den auf das mittl. Äq. 1860,0 bezogenen Normalort

1862 Febr. 20·5;　　$a = 124°49'24''5,$　　$\delta = +11°46'26''2.$

Die Störungswerthe werden:

		$\mathrm{2\!\!\!\;l}$		$\hbar$
1862 Febr. 20·5	Δi	$+$	$26''39$	$-\quad 0''33$
	$\Delta\Omega$	$+$	$3'33·71$	$+\quad 0·05$
	$\Delta\pi$	$-1°18$	$3·01$	$-1'29·45$
	$\Delta\varphi$	$-$	$39·12$	$-\quad 9·22$
	ΔL	$+$	$19\ 47·36$	$+\quad 18·69$
	$\Delta\mu$	$-0''2908$		$-0''0056$

oder auf den mittleren Äquator 1860,0 übertragen und summirt:

$$\mathrm{2\!\!\!\;l} + \hbar$$

$\Delta L'$	$+$	$20'\ 0''44$
$\Delta\pi'$	$-1°19'38·07$	
$\Delta\Omega'$	$-$	$1\ 33·28$
$\Delta i''$	$-$	$33·48$
$\Delta\varphi$	$-$	$48\ 34$
$\Delta\mu$	$-0''2964.$	

III. Opposition (1863).

Das Berliner Jahrbuch gibt die Sonnenephemeride von dem Jahrgange 1863 ab nach den Sonnentafeln von Hansen und Olufsen und es ist von dieser Opposition nicht mehr nöthig auf diese direct zurückzugehen.

Angewandte Elemente:

Epoche und Osculation 1863 Mai 8·0

mittl. Äquinoct. 1863,0.

$$L = 218°\ 8'40''98$$
$$M = 200\ 24\ 53·90$$
$$\pi = 17\ 43\ 47·08$$
$$\Omega = 170\ 21\ 21·63$$
$$i = 8\ 37\ 23·28$$
$$\varphi = 6\ 41\ 51·22$$
$$\mu = 792''7178$$
$$\log a = 0·4339253$$

und die Äquatorconstanten

$$x = [0·4335109] \sin (E + 107°43'21''60) - 0·3014381$$
$$y = [0·4162908] \sin (E + 18\ 20\ 16·72) - 0·0956939$$
$$z = [9·8446949] \sin (E + 12\ 32\ 49·92) - 0·0177193.$$

Die Coordinaten des Planeten wurden so zuerst auf das mittlere Äquinoctium 1863,0 erhalten; da aber das Berliner Jahrbuch in diesem

Jahrgange nur die wahren Sonnen-Coordinaten angibt, so mußten diese erst nach den Formeln

$$dx = (-fy - g \cos G . z) \sin 1'$$
$$dy = (fx + g \sin G . z) \sin 1'$$
$$dz = (g \cos G . x - g \sin G . y) \sin 1'$$

auf das wahre Äquinoctium des zugehörigen Datums übertragen werden, in denen die Größen f, g, G die bekannten Reductionsgrößen für die Ermittlung des Einflusses der Präcession und Nutation sind und aus den Ephemeriden entlehnt werden können. Es fand sich so in Einheiten der siebenten Decimale für diese Reductionen:

0^h m. Berl. Zeit	dx	dy	dz
1863 April 16.	$+2172$	-3519	-1305
18.	$+2210$	-3532	-1304
20.	$+2249$	-3545	-1303
22.	$+2289$	-3558	-1303
24.	$+2329$	-3572	-1302
26.	$+2370$	-3586	-1302
28.	$+2411$	-3600	-1301
„ 30.	$+2453$	-3614	-1301
Mai 2.	$+2496$	-3628	-1300
4.	$+2540$	-3643	-1300
6.	$+2584$	-3658	-1299
8.	$+2629$	-3673	-1298
10.	$+2674$	-3688	-1297
12.	$+2720$	-3704	-1297
14.	$+2767$	-3720	-1297
16.	$+2815$	-3736	-1296
18.	$+2864$	-3752	-1295
20.	$+2913$	-3768	-1295
22.	$+2962$	-3784	-1294
24.	$+3012$	-3801	-1293

Ephemeride.

12^h m. Berl. Zeit	α	δ	$\log \Delta$	Abrrzt.
1863 April 16.	$14^h \ 9^m 27^s 983$	$-4°19'29''88$	$0\cdot307201$	$16^m 49^s 9$
17.	$14 \ 8 \ 41\cdot130$	$-4 \ 12 \ 57\cdot01$	$0\cdot306856$	$16 \ 49\cdot1$
18.	$14 \ 7 \ 53\cdot996$	$-4 \ 6 \ 26\cdot61$	$0\cdot306573$	$16 \ 48\cdot4$
19.	$14 \ 7 \ 6\cdot635$	$-3 \ 59 \ 59\cdot04$	$0\cdot306352$	$16 \ 47\cdot9$
20.	$14 \ 6 \ 19\cdot104$	$-3 \ 53 \ 34\cdot64$	$0\cdot306192$	$16 \ 47\cdot6$
21.	$14 \ 5 \ 31\cdot454$	$-3 \ 47 \ 13\cdot73$	$0\cdot306095$	$16 \ 47\cdot4$
22.	$14 \ 4 \ 43\cdot735$	$-3 \ 40 \ 56\cdot70$	$0\cdot306060$	$16 \ 47\cdot3$
„ 23.	$14 \ 3 \ 55\cdot996$	$-3 \ 34 \ 43\cdot84$	$0\cdot306087$	$16 \ 47\cdot3$

12ʰ m. Berl. Zeit	α	δ	logΔ	Abrrzt.
1863 April 24.	14ʰ 3ᵐ 8ˢ296	—3°28'35"50	0·306175	16ᵐ47ˢ5
25.	14 2 20·680	—3 22 31·96	0·306326	16 47·9
26.	14 1 33·201	—3 16 33·57	0·306537	16 48·4
27.	14 0 45·905	—3 10 40·56	0·306808	16 49·0
28.	13 59 58·844	—3 4 53·28	0·307140	16 49·8
29.	13 59 12·063	—2 59 11·96	0·307533	16 50·7
„ 30.	13 58 25·609	—2 53 36·90	0·307984	16 51·7
Mai 1.	13 57 39·523	—2 48 8·35	0·308494	16 52·9
2.	13 56 53·856	—2 42 46·54	0·309061	16 54·2
3.	13 56 8·648	—2 37 31·71	0·309685	16 55·7
4.	13 55 23·936	—2 32 24·14	0·310365	16 57·3
5.	13 54 39·762	—2 27 24·02	0·311103	16 59·0
6.	13 53 56·174	—2 22 31·60	0·311895	17 0·9
7.	13 53 13·211	—2 17 47·10	0·312741	17 2·9
8.	13 52 30·909	—2 13 10·66	0·313640	17 5·0
9.	13 51 49·306	—2 8 42·53	0·314593	17 7·2
10.	13 51 8·442	—2 4 22·87	0·315596	17 9·6
11.	13 50 28·354	—2 0 11·86	0·316650	17 12·1
12.	13 49 49·080	—1 56 9·70	0·317755	17 14·7
13.	13 49 10·656	—1 52 16·52	0·318909	17 17·5
14.	13 48 33·115	—1 48 32·48	0·320108	17 20·4
15.	13 47 56·493	—1 44 57·70	0·321356	17 23·4
16.	13 47 20·821	—1 41 32·31	0·322647	17 26·5
17.	13 46 46·128	—1 38 16·42	0·323983	17 29·7
18.	13 46 12·450	—1 35 10·11	0·325361	17 33·0
19.	13 45 39·810	—1 32 13·47	0·326782	17 36·5
20.	13 45 8·233	—1 29 26·55	0·328243	17 40·0
21.	13 44 37·742	—1 26 49·43	0·329743	17 43·7
22.	13 44 8·360	—1 24 22·11	0·331280	17 47·5
23.	13 43 40·110	—1 22 4·63	0·332854	17 51·4

Vergleichssterne für 1863,0.

*	α	δ	
a	13ʰ40ᵐ15ˢ17	—1°45'26"9	Cop-Börg. 4068,9
b	13 41 34·22	—2 9 22·2	Schjellerup. 4927,8
c	13 42 14·12	—1 14 46·3	Cop-Börg. 4076,7
	14·12	45·2	Ann Arbor M. B.
	14·22	46·1	Pariser
	14·30	46·9	Berliner
ang.	13 42 14·19	—1 14 46·1	

$*$	α	δ	
d	13 44 0·81	—1 32 45˙6	Bonner M. B.
e	13 44 1·26	—2 7 2·9	Schjellerup. 4941,2
f	13 46 6·09	—1 31 37·1	Bonner M. B.
g	13 47 16·08	—2 19 35·6	Pariser „
h	13 47 47·95	—1 42 19·3	Cop-Börg. 4088,9
	13 50 49·71	—1 38 51·2	Cop Börg. 4099, 4100
	49·86	50·0	Pariser M. B.
ang.	13 50 49·78	—1 38 50·6	
k	13 59 16·83	—3 30 26·4	Schjellerup. 5025
	16·99	26·8	Berliner M. B.
ang.	13 59 16·91	—3 30 26·6	
l	14 1 14·33	—3 54 40·0	Berliner M. B.
m	14 5 25·17	—3 36 40·9	Schjellerup. 5059
n	14 7 19·18	—4 8 35·9	Berliner M. B.

Beobachtungen.

Datum	Ort	Ortszeit	α	Parall.	δ	Parall.	
1863 April 17.	Berlin	$13^{h}39^{m}53^{s}$	14^{h} $8^{m}38^{s}31$	$+0^{s}06$	$—4°12'34˙6$	$+3˙6$	n
19.	Clinton	10 52 27	14 6 58·07	—0·08	—3 58 48·8	+3·2	l
20.	Berlin	12 39 50	14 6 18·32	+0·02	—3 53 30·8	+3·6	l
22.	Clinton	10 59 54	14 4 34·28	—0·06	—3 39 46·9	+3·2	m
„ 23.	Berlin	12 10 51	14 3 56·08	+0·01	—3 34 46·9	+3·6	k
Mai 7.	Paris	10 28 58	13 53 15·14	—0·02	—2 18 1·6	+3·3	g
8.	„	10 1 33	13 52 33·11	—0·04	—2 13 31·0	+3·3	g
8.	Berlin	13 25 26	13 52 28·94	+0·11	—2 13 7·1	+3·5	b
9.	Josefstadt	10 54 55	13 51 52·46	+0·01	—2 8 59·9	+3·3	e
9.	„	11 59 45	13 51 50·52	+0·06	—2 8 51·4	+3·3	e
9.	Berlin	12 2 38	13 51 49·80	+0·06	—2 8 55·6	+3·5	b
9.	Paris	11 24 15	13 51 49·25	+0·03	—2 8 45·3	+3·3	g
10.	Josefstadt	11 2 16	13 51 11·11	+0·02	—2 4 39·8	+3·3	e
11.	Wien	11 10 47	13 50 30·58	+0·03	—2 0 25·6	+3·3	
15.	Josefstadt	10 29 37	13 47 59·66	+0·01	—1 45 17·1	+3·2	
15.	„	11 26 3	13 47 58·20	+0·06	—1 45 5·9	+3·2	a
15.	Paris	10 55 38	13 47 57·34	+0·03	—1 45 6·0	+3·3	i
16.	Josefstadt	10 32 33	13 47 23·57	+0·02	—1 41 49·6	+3·2	h
16.	Berlin	11 22 27	13 47 22·05	+0·05	—1 41 45·2	+3·4	h
19.	Josefstadt	11 11 32	13 45 41·71	+0·06	—1 32 20·6	+3·2	d
19.	„	11 42 47	13 45 40·90	+0·08	—1 32 18·2	+3·2	f
19.	Berlin	11 47 28	13 45 40·39	+0·08	—1 32 16·4	+3·3	f
20.	Paris	10 53 11	13 45 9·00	+0·05	—1 29 33·6	+3·2	
23.		10 23 44	13 43 41·30	+0·03	—1 22 13·4	+3·1	

Vergleichung der Beobachtungen mit der Ephemeride.

		$d\alpha$	$d\delta$	
1863 April 17.	Berlin	$—0^{s}05$	$+3˙4$	n
19.	Clinton	$+0·28$	$+0·9$	l

			$d\alpha$	$d\delta$	
April 20.	Berlin		0·00	+1·3	l
22.	Clinton		—0·29	+0·6	m
„ 23.	Berlin		—0·10	+2·1	k
Mai 7.	Paris		+0·02	+1·6	g
8.	„		—0·50	+0·2	g
8.	Berlin		+0·13	—5·9	b
9.	Josefstadt		+0·47	+3·2	e
9.	„		+0·44	—0·2	e
9.	Berlin		+0·14	—6·9	b
9.	Paris		—0·27	+2·1	g
10.	Josefstadt		+0·25	+1·7	e
11.	Wien		+0·10	+3·0	
15.	Josefstadt		+0·18	+1·2	
15.	„		+0·18	+4·2	
15.	Paris		—0·06	+0·5	i
16.	Josefstadt		—0·08	+2·2	h
16.	Berlin		—0·06	—1·8	h
19.	Josefstadt		+0·22	+5·3	d
19.	„		+0·13	+4·0	f
19.	Berlin		—0·01	+4·0	f
20.	Paris		—0·05	+0·7	i
23.			—0·12	+0·7	c

Die Ephemeridencorrection wird anzunehmen sein:

1863 Mai 9·5; $d\alpha = +0·018$, $d\delta = +1·38$

und der auf das mittlere Äquinoctium 1860,0 bezogene Normalort

1863 Mai 9·5; $\alpha = 207°54'30·3$, $\delta = -2°7'38·1$.

Die Störungswerthe sind:

		♃	♄
1863 Mai 9·5	Δi +	8·24	+ 0·03
	$\Delta\Omega$ +	2'33·39	— 0·07
	$\Delta\pi$ —32	58·20	—10·05
	$\Delta\varphi$ — 2	5·30	— 5·91
	ΔL + 4	50·75	— 5·82
	$\Delta\mu$ —1	2431	—0·0117

und summirt und auf den mittleren Äquator 1860,0 bezogen:

$$♃ + ♄$$

$\Delta L'$	+ 4'40·55
$\Delta\pi'$	—33 12·63
$\Delta\Omega'$	— 1 17·33
$\Delta i'$	— 13·95
$\Delta\varphi$	— 2 11·21
$\Delta\mu$	—1·2548.

IV. Opposition (1864).

Zur Berechnung der Ephemeride leitete ich die folgenden Elemente ab:

Epoche und Osculation 1864 Juli 21·0
mittl. Äquinoctium 1864,0.

$$L = 315° \; 6' 38''63$$
$$M = 296 \; 49 \; 33·51$$
$$\pi = 18 \; 17 \; 5·12$$
$$\Omega = 170 \; 19 \; 38·03$$
$$i = 8 \; 37 \; 14·65$$
$$\varphi = 6 \; 43 \; 46·88$$
$$\mu = 794''0208$$
$$\log a = 0·4334499$$

$$x = [0·4330150] \sin (E + 108°16'25''45) - 0·3015887$$
$$y = [0·4158014] \sin (E + 18 \quad 53 \; 54·75) - 0·0988728$$
$$z = [9·8442979] \sin (E + 13 \quad 5 \; 36·44) - 0·0185488.$$

Daraus ergab sich die folgende

Ephemeride.

12ʰ m. Berl. Zeit	α	δ	$\log\Delta$	Abrrzt.
1864 Juli 7.	20ʰ30ᵐ21·770	— 8° 1' 4''11	0·219373	13ᵐ45·0
8.	20 29 41·107	— 8 3 49·00	0·217851	13 42·1
9.	20 28 59·474	— 8 6 43·39	0·216387	13 39·3
10.	20 28 16·915	— 8 9 47·16	0·214981	13 36·7
11.	20 27 33·477	— 8 13 0·17	0·213635	13 34·2
12.	20 26 49·208	— 8 16 22·28	0·212349	13 31·8
13.	20 26 4·157	— 8 19 53·38	0·211126	13 29·5
14.	20 25 18·371	— 8 23 33·32	0·209965	13 27·3
15.	20 24 31·904	— 8 27 21·93	0·208869	13 25·3
16.	20 23 44·799	— 8 31 19·04	0·207836	13 23·4
17.	20 22 57·114	— 8 35 24·51	0·206870	13 21·6
18.	20 22 8·895	— 8 39 38·14	0·205970	13 20·0
19.	20 21 20·205	— 8 43 59·73	0·205138	13 18·4
20.	20 20 31·095	— 8 48 29·10	0·204373	13 17·0
21.	20 19 41·616	— 8 53 6·06	0·203677	13 15·7
22.	20 18 51·823	— 8 57 50·36	0·203049	13 14·6
23.	20 18 1·778	— 9 2 41·80	0·202492	13 13·6
24.	20 17 11·541	— 9 7 40·10	0·202005	13 12·7
25.	20 16 21·166	— 9 12 45·03	0·201590	13 11·9
26.	20 15 30·715	— 9 17 56·34	0·201246	13 11·3

12^h m. Berl. Zeit	α	δ	$\log\Delta$	Abrrzt.
1864 Juli 27.	$20^h14^m40^s259$	$- 9°23'13''75$	$0\cdot200974$	13^m10^s8
28.	20 13 49·856	$- 9$ 28 37·00	$0\cdot200773$	13 10·4
29.	20 12 59·572	$- 9$ 34 5·79	$0\cdot200645$	13 10·2
30.	20 12 9·467	$- 9$ 39 39·82	$0\cdot200588$	13 10·1
„ 31.	20 11 19·608	$- 9$ 45 18·76	$0\cdot200604$	13 10·1
Aug. 1.	20 10 30·062	$- 9$ 51 2·33	$0\cdot200693$	13 10·3
2.	29 9 40·899	$- 9$ 56 50·20	$0\cdot200853$	13 10·6
3.	20 8 52·184	-10 2 42·07	$0\cdot201084$	13 11·0
4.	20 8 3·976	-10 8 37·62	$0\cdot201387$	13 11·5
5.	20 7 16·336	-10 14 36·48	$0\cdot201761$	13 12·2

Vergleichssterne für 1864,0.

	α	δ	
	$20^h12^m47^s82$	$-9°38'12''4$	Königsbg. M. B.
	47·84	13·0	Berliner
ang.	20 12 47·83	-9 38 12·7	
b	20 23 30·06	-8 30 17·1	Berliner M. B.
c	20 25 33·30	-8 23 14·9	Schjellerup. 8113.
d	20 27 23·87	-8 9 4·8	Berliner M. B.
e	20 28 4·74	-8 1 29·0	Schjellerup. 8145

Beobachtungen.

Datum	Ort	Ortszeit	α	Parall.	δ	Parall.	
1864 Juli 8.	Berlin	11^h35^m 7^s	$20^h29^m42^s26$	-0^s10	$- 8°$ 3'48''5	$+4''6$	d
9.		10 57 4	20 29 2·00	$-0\cdot13$	$- 8$ 6 41·1	$+4\cdot6$	d
10.		10 48 16	20 28 19·61	$-0\cdot13$	$- 8$ 9 42 2	$+4\cdot6$	d
11.	Josefst.	10 17 10	20 27 37·57	$-0\cdot16$	$- 8$ 12 47·6	$+4\cdot3$	c
11.	„	10 41 13	20 27 36·54	$-0\cdot14$	$- 8$ 12 50·7	$+4\cdot4$	e
11.	Berlin	11 26 41	20 27 35·04	$-0\cdot09$	$- 8$ 13 0·1	$+4\cdot6$	d
13.	Krakau	12 46 50	20 26 4·08	$-0\cdot01$	$- 8$ 19 53·3	$+4\cdot6$	c
13.	Leiden	12 57 24	20 26 1·63	$0\cdot00$	$- 8$ 20 7·7	$+4\cdot7$	Mer.
14.	Josefst.	10 16 19	20 25 22·82	$-0\cdot16$	$- 8$ 23 18·1	$+4\cdot4$	c
14.	„	11 2 42	20 25 21·36	$-0\cdot11$	$- 8$ 23 23·5	$+4\cdot5$	b
14.	Krakau	12 38 19	20 25 18·22	$-0\cdot02$	$- 8$ 23 37·9	$+4\cdot6$	c
14.	Leiden	12 52 47	20 25 15·97	$0\cdot00$	$- 8$ 23 49·4	$+4\cdot7$	Mer.
16.	Berlin	11 18 19	20 23 46·62	$-0\cdot08$	$- 8$ 31 13·8	$+4\cdot7$	b
26.	Paris	11 55 51	20 15 29·80	$0\cdot00$	$- 9$ 18 7·8	$+4\cdot7$	Mer.
27.	Leiden	11 51 6	20 14 39·83	$0\cdot00$	$- 9$ 23 24·6	$+4\cdot9$	Mer.
29.	„	11 41 34	20 12 59·36	$0\cdot00$	$- 9$ 34 9·4	$+4\cdot9$	Mer.
29.	Paris	11 41 32	20 12 59·13	$0\cdot00$	$- 9$ 34 12·3	$+4\cdot7$	Mer.
30.	Berlin	11 2 32	20 12 11·86	$-0\cdot03$	$- 9$ 39 25·6	$+4\cdot9$	a
30.	Paris	11 36 47	20 12 9·08	$0\cdot00$	$- 9$ 39 44·8	$+4\cdot7$	Mer.
30.	Königsb.	12 54 4	20 12 9·12	$+0\cdot07$	$- 9$ 39 45·9	$+5\cdot0$	a
31.	Leiden	11 32 2	20 11 19·71	$0\cdot00$	$- 9$ 45 21·6	$+4\cdot9$	Mer.

Datum	Ort	Ortszeit	α	Parall.	δ	Parall.	
1864 Aug. 1.	Josefst.	$9^h 46^m 13^s$	$20^h 10^m 35^s 58$	$-0^s 11$	$-\ 9°50'27''4$	$+4''6$	a
2.	Leiden	11 22 33	20 9 41·48	0·00	$-\ 9\ 56\ 48·7$	$+4·9$	Mer.
4.	„	11 13 4	20 8 4·80	0·00	$-10\ \ 8\ 36·5$	$+4·9$	Mer.
4.	Greenw.	11 13 1	20 8 4·15	0·00	$-10\ \ 8\ 44·6$	$+4·9$	Mer.

Vergleichung der Beobachtungen mit der Ephemeride.

			$d\alpha$	$d\delta$	
1864 Juli 8.		Berlin	$-0^s 05$	$+0''6$	d
9.			$+0·17$	$-2·6$	d
10.			$+0·02$	$-1·6$	d
11.		Josefstadt	$+0·03$	$-0·7$	c
11.		„	$-0·25$	$-0·4$	e
11.		Berlin	$+0·05$	$-1·8$	d
13.		Krakau	$+0·14$	$+5·7$	c
13.		Leiden	$-0·02$	$+2·3$	Mer.
14.		Josefstadt	$+0·16$	$-0·4$	c
14.		„	$+0·24$	$+1·5$	b
14.		Krakau	$-0·22$	$-0·2$	c
14.		Leiden	$0·00$	$+0·3$	Mer.
16.		Berlin	$-0·07$	$+0·7$	b
26.		Paris	$+0·03$	$-0·9$	Mer.
27.		Leiden	$+0·05$	$-3·0$	Mer.
29.		„	$-0·07$	$+2·2$	Mer.
29.		Paris	$0·00$	$+1·1$	Mer.
30.		Berlin	$-0·09$	$+2·6$	a
30.		Paris	$-0·11$	$+1·5$	Mer.
30.		Königsberg	$+0·16$	$+1·8$	a
„ 31.		Leiden	$-0·09$	$+0·8$	Mer.
Aug. 1.		Josefstadt	$-0·03$	$+1·4$	a
2.		Leiden	$+0·07$	$+2·8$	Mer.
4.			$+0·01$	$-0·1$	Mer.
4.		Greenwich	$-0·05$	$-3·7$	Mer.

Die Ephemeridencorrection ist dem zu Folge:

$$1864 \text{ Juli } 24·5; \qquad d\alpha = -0^s 016, \qquad d\delta = +0''32$$

und der auf das mittl. Äquinoctium 1860,0 bezogene Normalort

$$1864 \text{ Juli } 24·5; \qquad \alpha = 304°13'58''2, \qquad \delta = -9°8'40''0.$$

Die zugehörigen ekliptikalen Störungswerthe sind:

	♃	♄
1864 Juli 24·5 Δi	$+\ 0''22$	$+\ 0''02$
$\Delta\Omega$	$+\ 0·41$	$-\ 0·08$
$\Delta\pi$	$-58·35$	$+11·82$
$\Delta\varphi$	$-14·91$	$-\ 1·00$
ΔL	$-32·38$	$-\ 0·64$
$\Delta\mu$	$+0''0346$	$+\ 0''0105.$

Die Übertragung auf den Äquator läßt finden:

$$\text{♃} + \text{♄}$$

$$
\begin{aligned}
\Delta L' &\quad -33{\cdot}01 \\
\Delta \pi' &\quad -46{\cdot}52 \\
\Delta \Omega' &\quad + 0{\cdot}06 \\
\Delta i' &\quad - 0{\cdot}24 \\
\Delta \varphi &\quad -15{\cdot}91 \\
\Delta \mu &\quad +0{\cdot}0451 .
\end{aligned}
$$

V. Opposition (1865).

Zur Berechnung der Ephemeride hat man

Epoche und Osculation 1865 Dec. $13{\cdot}0$
mittl. Äquinoct. 1865,0.

$$
\begin{aligned}
L &= 67°35'28''68 \\
M &= 49\ 16\ 32{\cdot}41 \\
\pi &= 18\ 18\ 56{\cdot}27 \\
\Omega &= 170\ 20\ \ 5{\cdot}20 \\
i &= \ 8\ 37\ 10{\cdot}99 \\
\varphi &= \ 6\ 44\ 59{\cdot}34 \\
\mu &= 793{\cdot}6286 \\
\log a &= 0{\cdot}4335929
\end{aligned}
$$

$$
\begin{aligned}
x &= [0.4331556]\ \sin(E + 108°18'13''03) - 0{\cdot}3025324 \\
y &= [0{\cdot}4159275]\ \sin(E + \ 18\ 55\ 47{\cdot}61) - 0{\cdot}0993545 \\
z &= [9{\cdot}8444401]\ \sin(E + \ 13\ \ 7\ 47{\cdot}98) - 0{\cdot}0186612 .
\end{aligned}
$$

Ephemeride.

12^h m. Berl. Zeit	α	δ	$\log\Delta$	Abrrzt.
1865 Dec. 6.	$5^h 15^m\ 9^s762$	$+8°58'53''47$	$0{\cdot}192414$	12^m55^s3
7.	$5\ 14\ 13{\cdot}605$	$+8\ 57\ 29{\cdot}11$	$0{\cdot}192554$	$12\ 55{\cdot}6$
8.	$5\ 13\ 17{\cdot}335$	$+8\ 56\ 13{\cdot}33$	$0{\cdot}192771$	$12\ 56{\cdot}0$
9.	$5\ 12\ 21{\cdot}021$	$+8\ 55\ \ 6{\cdot}19$	$0{\cdot}193065$	$12\ 56{\cdot}5$
10.	$5\ 11\ 24{\cdot}734$	$+8\ 54\ \ 7{\cdot}80$	$0{\cdot}193435$	$12\ 57{\cdot}2$
11.	$5\ 10\ 28{\cdot}547$	$+8\ 53\ 18{\cdot}19$	$0{\cdot}193882$	$12\ 58{\cdot}0$
12.	$5\ \ 9\ 32{\cdot}539$	$+8\ 52\ 37{\cdot}49$	$0{\cdot}194404$	$12\ 58{\cdot}9$
13.	$5\ \ 8\ 36{\cdot}784$	$+8\ 52\ \ 5{\cdot}74$	$0{\cdot}195003$	$13\ \ 0{\cdot}0$
14.	$5\ \ 7\ 41{\cdot}358$	$+8\ 51\ 42{\cdot}96$	$0{\cdot}195677$	$13\ \ 1{\cdot}2$
15.	$5\ \ 6\ 46{\cdot}330$	$+8\ 51\ 29{\cdot}20$	$0{\cdot}196426$	$13\ \ 2{\cdot}5$
16.	$5\ \ 5\ 51{\cdot}777$	$+8\ 51\ 24{\cdot}47$	$0{\cdot}197249$	$13\ \ 4{\cdot}0$
17.	$5\ \ 4\ 57{\cdot}766$	$+8\ 51\ 28{\cdot}77$	$0{\cdot}198145$	$13\ \ 5{\cdot}6$
18.	$5\ \ 4\ \ 4{\cdot}375$	$+8\ 51\ 42{\cdot}11$	$0{\cdot}199115$	$13\ \ 7{\cdot}4$

Vergleichssterne für 1865,0.

	α	δ	
a	$5^h\ 5^m 10\cdot 67$	$+8°52'\ 0\cdot 5$	Wiener M. B.
b	$5\ \ 8\ 20\cdot 00$	$+8\ 54\ 17\cdot 5$	Schjellerup
	$20\cdot 07$	$17\cdot 4$	Berliner M. B.
ang.	$5\ \ 8\ 20\cdot 03$	$+8\ 54\ 17\cdot 4$	
c	$5\ 11\ 39\cdot 61$	$+9\ \ 0\ 48\cdot 2$	Königsberger M. B.

Beobachtnngen.

Datum	Ort	Ortszeit	α	Parall.	δ	Parall.	
1865 Dec. 6.	Königsberg	$9^h 42^m 51^s$	$5^h 15^m 17\cdot 30$	$-0\cdot 14$	$+8°59'\ \ 0\cdot 7$	$+4\cdot 2$	c
7.	„	$9\ 30\ 29$	$5\ 14\ 21\cdot 41$	$-0\cdot 14$	$+8\ 57\ 34\cdot 9$	$+4\cdot 2$	c
9.	Josefstadt	$8\ \ 8\ 11$	$5\ 12\ 31\cdot 40$	$-0\cdot 22$	$+8\ 55\ 11\cdot 1$	$+3\cdot 9$	b
10.	Wien	$11\ 52\ 48$	$5\ 11\ 25\cdot 91$	$0\cdot 00$	$+8\ 54\ \ 4\cdot 1$	$+3\cdot 6$	Mer.
11.	Paris	$11\ 47\ 42$	$5\ 10\ 27\cdot 87$	$0\cdot 00$	$+8\ 53\ 10\cdot 7$	$+3\cdot 6$	Mer.
13.	Krakau	$10\ 15\ 20$	$5\ \ 8\ 42\cdot 29$	$-0\cdot 09$	$+8\ 52\ \ 6\cdot 9$	$+5\cdot 7$	b
13.	Berlin	$11\ 44\ 18$	$5\ \ 8\ 37\cdot 85$	$+0\cdot 01$	$+8\ 52\ \ 1\cdot 0$	$+3\cdot 9$	b
14.	Josefstadt	$7\ 21\ 45$	$5\ \ 7\ 53\cdot 40$	$-0\cdot 23$	$+8\ 51\ 42\cdot 5$	$+3\cdot 9$	a
14.	Krakau	$7\ 39\ 12$	$5\ \ 7\ 53\cdot 03$	$-0\cdot 21$	$+8\ 51\ 43\cdot 1$	$+4\cdot 0$	b
15.	Paris	$11\ 28\ 18$	$5\ \ 6\ 46\cdot 44$	$0\cdot 00$	$+8\ 51\ 23\cdot 3$	$+3\cdot 6$	Mer.
18.	Leiden	$11\ 13\ 51$	$5\ \ 4\ \ 5\cdot 28$	$0\cdot 00$	$+8\ 51\ 37\cdot 8$	$+3\cdot 8$	Mer.

Vergleichung der Beobachtnngen mit der Ephemeride.

			$d\alpha$	$d\delta$	
1865 Dec.	6.	Königsberg	$+0\cdot 45$	$+0\cdot 4$	c
	7.	„	$+0\cdot 22$	$-0\cdot 1$	c
	9.	Josefstadt	$+0\cdot 13$	$-2\cdot 5$	b
	10.	Wien	$-0\cdot 08$	$-1\cdot 3$	Mer.
	11.	Paris	$+0\cdot 06$	$-3\cdot 3$	Mer.
	13.	Krakau	$-0\cdot 14$	$+2\cdot 1$	b
	13.	Berlin	$-0\cdot 03$	$-0\cdot 5$	b
	14.	Josefstadt	$+0\cdot 18$	$-0\cdot 6$	a
	14.	Krakau	$-0\cdot 05$	$+0\cdot 1$	b
	15.	Paris	$+0\cdot 09$	$-2\cdot 3$	Mer.
	18.	Leiden	$+0\cdot 03$	$-0\cdot 2$	Mer.

Es findet sich als Ephemeridencorrection:

$$1865\ \text{Dec. } 12\cdot 5;\quad d\alpha = +0\cdot 084,\quad d\delta = -1\cdot 11.$$

und der auf das mittl. Äquinoctium 1870,0 bezogene Normalort

$$1865\ \text{Dec. } 12\cdot 5;\quad \alpha = 77°26'23\cdot 2,\quad \delta = +8°53'2\cdot 8$$

Die ekliptikalen Störungswerthe, die von hier ab auf das mittl.
Äquinoctium 1870,0 reducirt erscheinen, sind:

$$\begin{array}{lccc}
 & & \text{♃} & \text{♄} \\
\text{1865 Dec. } 12\cdot5 & \Delta i & -\quad 2''88 & -\; 0''08 \\
 & \Delta\Omega & -\;21\cdot84 & -\; 0\cdot55 \\
 & \Delta\pi & +\;31\cdot36 & -20\cdot87 \\
 & \Delta\varphi & +\;55\cdot97 & +\; 0\cdot29 \\
 & \Delta L & -1'18\cdot06 & -\; 4\cdot25 \\
 & \Delta\mu & -0''3498 & +0\cdot0013
\end{array}$$

und der Übergang auf den Äquator ergibt:

$$\begin{array}{lc}
 & \text{♃} + \text{♄} \\
\Delta L' & -1'12''72 \\
\Delta\pi' & +\quad 11\cdot08 \\
\Delta\Omega' & +\quad 9\cdot60 \\
\Delta i'' & +\quad 3\cdot72 \\
\Delta\varphi & +\quad 56\cdot26 \\
\Delta\mu & -0''3485.
\end{array}$$

VI. Opposition (1867).

Die für die 6., 7. und 8. Opposition berechneten Ephemeriden
waren vorausberechnet worden· und gründen sich ebenfalls auf die
Eingangs angeführten Elemente, die den vorausgehenden fünf Oppositionen angeschlossen waren. Von nun an habe ich bloß Meridian-
beobachtungen benützt, es fällt deßhalb in den folgenden Zusammenstellungen das Verzeichniß der Vergleichssterne weg, und außerdem
habe ich die bei der Mittheilung der Beobachtungen angesetzte Columne „Parallaxe in Rectascension" fortgelassen, indem diese der
Null gleich ist, außerdem entfällt die bei den Beobachtungen und der
Vergleichung der Beobachtungen angesetzte Columne (∗), die auf
die Beobachtungsart hinweist, da nur ausschließlich Meridianbeob-
achtungen in Anwendung kommen.

Die zur Ephemeridenberechnung benützten Elemente waren:

Epoche und Osculation 1867 März 18·0
mittl. Äquinoctium 1867,0.

$$\begin{array}{rl}
L = & 168°59'50''92 \\
M = & 150\;\;39\;\;46\cdot89 \\
\pi = & \;\;18\;\;20\;\;\;4\cdot03 \\
\Omega = & 170\;\;21\;\;10\cdot12 \\
i = & \;\;\;8\;\;37\;\;15\cdot92 \\
\varphi = & \;\;\;6\;\;46\;\;\;3\cdot05 \\
\mu = & 793''7153 \\
\log a = & 0\cdot4335613
\end{array}$$

$$x = [0\cdot4331223]\,\sin(E + 108°19'17''58) - 0\cdot3032671$$
$$y = [0\cdot4158862]\,\sin(E + 185654\cdot93) - 0\cdot0996990$$
$$z = [9\cdot8443297]\,\sin(E + 13927\cdot22) - 0\cdot0187437.$$

Ephemeride.

12^h m. Berl. Zeit	α	δ	$\log\Delta$	Abrrzt.
1867 Feb. 26.	$11^h52^m16^s470$	$+1°4'30''38$	$0\cdot309466$	16^m55^s1
27.	11 51 36·220	$+1$ 11 29.92	$0\cdot308530$	16 53·0
„ 28.	11 50 55·209	$+1$ 18 34·85	$0\cdot307652$	16 50·9
März 1.	11 50 13·480	$+1$ 25 44·84	$0\cdot306833$	16 49·0
2.	11 49 31·074	$+1$ 32 59·54	$0\cdot306073$	16 47·3
3.	11 48 48·037	$+1$ 40 18·56	$0\cdot305374$	16 45·7
4.	11 48 4·415	$+1$ 47 41·53	$0\cdot304735$	16 44·2
5.	11 47 20·259	$+1$ 55 8·06	$0\cdot304159$	16 42·9
6.	11 46 35·619	$+2$ 2 37·75	$0\cdot303646$	16 41·7
7.	11 45 50·546	$+2$ 10 10·18	$0\cdot303196$	16 40·7
8.	11 45 5·093	$+2$ 17 44·91	$0\cdot302809$	16 39·8
9.	11 44 19·308	$+2$ 25 21·59	$0\cdot302486$	16 39·1
10.	11 43 33·245	$+2$ 32 59·74	$0\cdot302228$	16 38·4
11.	11 42 46·955	$+2$ 40 38·98	$0\cdot302034$	16 38·0
12.	11 42 0·495	$+2$ 48 18·89	$0\cdot301905$	16 37·7
13.	11 41 13·917	$+2$ 55 59·01	$0\cdot301841$	16 37·5
14.	11 40 27·273	$+3$ 3 38·94	$0\cdot301841$	16 37·5
15.	11 39 40·609	$+3$ 11 18·31	$0\cdot301906$	16 37·7
16.	11 38 53·975	$+3$ 18 56·73	$0\cdot302036$	16 38·0
17.	11 38 7·423	$+3$ 26 33·76	$0\cdot302231$	16 38·4
18.	11 37 21·005	$+3$ 34 8·99	$0\cdot302489$	16 39·1
19.	11 36 34·767	$+3$ 41 42·06	$0\cdot302810$	16 39·8
20.	11 35 48·759	$+3$ 49 12·57	$0\cdot303196$	16 40·7
21.	11 35 3·027	$+3$ 56 40·17	$0\cdot303644$	16 41·7
22.	11 34 17·618	$+4$ 4 4·46	$0\cdot304154$	16 42·9
23.	11 33 32·582	$+4$ 11 25·06	$0\cdot304727$	16 44·2
24.	11 32 47·964	$+4$ 18 41·63	$0\cdot305361$	16 45·7
25.	11 32 3·807	$+4$ 25 53·82	$0\cdot306055$	16 47·3
26.	11 31 20·156	$+4$ 33 1.30	$0\cdot306811$	16 49·0
27.	11 30 37·061	$+4$ 40 3·68	$0\cdot307624$	16 50·9
28.	11 29 54·566	$+4$ 47 0·65	$0\cdot308497$	16 52·9
29.	11 29 12·712	$+4$ 53 51·91	$0\cdot309427$	16 55·1
30.	11 28 31·539	$+5$ 0 37·15	$0\cdot310413$	16 57·4
31.	11 27 51·084	$+5$ 7 16·11	$0\cdot311454$	16 59·8
April 1.	11 27 11·381	$+5$ 13 48·54	$0\cdot312550$	17 2·2

Beobachtungen.

Datum	Ort	Ortszeit	α	δ	Parall.
1867 Febr. 26.	Washington	$13^h 25^m 36^s$	$11^h 52^m\ 4{\cdot}82$	$+1°\ 6'28''9$	$+2''6$
27.	Leiden	13 22 0	11 51 33·39	$+1\ 11\ 57{\cdot}4$	$+3{\cdot}4$
„ 27.	Washington	13 21 0	11 51 24·25	$+1\ 13\ 31{\cdot}0$	$+2{\cdot}6$
März 2.	Leiden	13 8 8	11 49 28·58	$+1\ 33\ 22{\cdot}4$	$+3{\cdot}4$
7.	Washington	12 43 42	11 45 38·68	$+2\ 12\ \ 8{\cdot}4$	$+2{\cdot}6$
14.	„	12 10 54	11 40 16·15	$+3\ \ 5\ 29{\cdot}6$	$+2{\cdot}6$
15.	Greenwich	12 7 11	11 39 39·44	$+3\ 11\ 25{\cdot}4$	$+3{\cdot}3$
16.	Leiden	12 2 32	11 38 53·31	$+3\ 19\ \ 5{\cdot}7$	$+3{\cdot}3$
16.	Greenwich	12 2 28	11 38 52·88	$+3\ 19\ \ 7{\cdot}6$	$+3{\cdot}3$
27.	Paris	11 11 2	11 30 37·94	$+4\ 39\ 49{\cdot}2$	$+3{\cdot}0$
28.	Leiden	11 6 25	11 29 55·84	$+4\ 46\ 47{\cdot}7$	$+3{\cdot}2$
28.	Washington	11 5 24	11 29 46·49	$+4\ 48\ 20{\cdot}2$	$+2{\cdot}4$
„ 29.		11 0 48	11 29 4·75	$+4\ 55\ 10{\cdot}1$	$+2{\cdot}4$
April 1.	Paris	10 47 57	11 27 12·82	$+5\ 13\ 21{\cdot}8$	$+2{\cdot}9$

Vergleichung der Beobachtungen mit der Ephemeride.

			$d\alpha$	$d\delta$
1867 Febr. 26.	Washington		$+0{\cdot}30$	$-3''7$
27.	Leiden		$+0{\cdot}01$	$+1{\cdot}3$
„ 27.	Washington		$+0{\cdot}08$	$-1{\cdot}4$
März 2.	Leiden		$+0{\cdot}09$	$-0{\cdot}1$
7.	Washington		$+0{\cdot}37$	$-1{\cdot}7$
14.			$+0{\cdot}41$	$-0{\cdot}4$
15.	Greenwich		$+0{\cdot}26$	$-3{\cdot}7$
16.	Leiden		$+0{\cdot}03$	$+5{\cdot}4$
16.	Greenwich		$+0{\cdot}18$	$+1{\cdot}6$
27.	Paris		$+0{\cdot}24$	$-5{\cdot}2$
28.	Leiden		$+0{\cdot}25$	$+0{\cdot}3$
28.	Washington		$+0{\cdot}41$	$-1{\cdot}4$
„ 29.	„		$+0{\cdot}26$	$-0{\cdot}3$
April 1.	Paris		$+0{\cdot}19$	$-1{\cdot}5$

Die Ephemeridencorrection findet sich daher:

$$1867 \text{ März } 15{\cdot}5; \quad d\alpha = +0''220, \quad d\delta = -0''77$$

und der zugehörige Normalort bezogen auf das mittlere Äquinoctium
1870,0

$$1867 \text{ März } 15{\cdot}5; \quad \alpha = 174°57'23''5, \quad \delta = +3°10'21''8.$$

Die ekliptikalen Störungwerthe habe ich angenommen:

$$♃ \qquad\qquad ♄$$

1867 März 15·5	Δi	$+$	2'99	$-$	0'12
	$\Delta\Omega$	$-$	56·68	$-$	0·99
	$\Delta\pi$	$+$	16·03	$-$	38·36
	$\Delta\varphi$	$+2'$	1·60	$-$	2·02
	ΔL	-5	52·07	$+$	3·16
	$\Delta\mu$	-0'2718		$+0$·0082	

und für den Äquator 1870,0 als Fundamentalebene findet sich daraus:

$$♃ + ♄$$

$$\Delta L' \quad -5'47'08$$
$$\Delta\pi' \quad -\;\;20·50$$
$$\Delta\Omega' \quad +\;\;35·07$$
$$\Delta i' \quad -\;\;\;0·56$$
$$\Delta\varphi \quad +1\;\;59·58$$
$$\Delta\mu \quad -0'2636.$$

VII. Opposition (1868).

Die Elemente zur Berechnung der Ephemeride sind:

Epoche und Osculation 1868 Mai 31·0
mittl. Äquinoctium 1868,0.

$$L = 266°\;\;2'18'68$$
$$M = 247\;\;34\;\;49·88$$
$$\pi = \;\;18\;\;27\;\;28·80$$
$$\Omega = 170\;\;22\;\;\;\;6·44$$
$$i = \;\;\;\;8\;\;37\;\;17·80$$
$$\varphi = \;\;\;\;\;\;6\;\;47\;\;25·89$$
$$\mu = 794'2129$$
$$\log a = 0·4333797$$

$$x = [0·4329351]\;\sin(E + 108°26'36'39) - 0·3039474$$
$$y = [0·4156926]\;\sin(E + \;\;19\;\;\;\;4\;\;22·38) - 0·1006235$$
$$z = [9·8440968]\;\sin(E + \;\;13\;\;17\;\;24·96) - 0·0189832.$$

Ephemeride.

12ʰ m. Berl. Zeit	α	δ	$\log\Delta$	Abrrzt.
1868 Mai 18.	17ʰ16ᵐ16ˢ617	$-10°13'44'61$	0·284311	15ᵐ58ˢ0
19.	17 15 33·483	-10 10 27·64	0·283023	15 55·2
20.	17 14 49·399	-10 7 14·63	0·281788	15 52·5
21.	17 14 4·406	-10 4 5·72	0·280608	15 49·9
„ 22.	17 13 18·550	-10 1 1·07	0·279482	15 47·5
23.	17 12 31·874	$-$ 9 58 0·85	0·278413	15 45·1
24.	17 11 44·431	$-$ 9 55 5·22	0·277402	15 42·9
25.	17 10 56·27	$-$ 9 52 14·33	0·276448	15 40·9

12^h m. Berl. Zeit	α	δ	$\log\Delta$	Abrrzt.
1868 Mai 26.	$17^h 10^m\ 7^s\cdot444$	$-\ 9°49'28''35$	0·275552	$15^m 38^s\cdot9$
27.	17 9 17·998	$-\ 9\ 46\ 47\cdot47$	0·274716	15 37·1
28.	17 8 27·987	$-\ 9\ 44\ 11\cdot80$	0·273939	15 35·4
29.	17 7 37·466	$-\ 9\ 41\ 41\cdot46$	0·273223	15 33·9
30.	17 6 46·484	$-\ 9\ 39\ 16\cdot60$	0·272568	15 32·5
„ 31.	17 5 55·093	$-\ 9\ 36\ 57\cdot37$	0·271974	15 31·2
Juni 1.	17 5 3·347	$-\ 9\ 34\ 43\cdot89$	0·271441	15 30·0
2.	17 4 11·298	$-\ 9\ 32\ 36\cdot26$	0·270971	15 29·0
3.	17 3 18·998	$-\ 9\ 30\ 34\cdot62$	0·270562	15 28·2
4.	17 2 26·501	$-\ 9\ 28\ 39\cdot09$	0·270216	15 27·5
5.	17 1 33·861	$-\ 9\ 26\ 49\cdot76$	0·269932	15 26·9
6.	17 0 41·131	$-\ 9\ 25\ \ 6\cdot72$	0·269711	15 26·4
7.	16 59 48·363	$-\ 9\ 23\ 30\cdot08$	0·269553	15 26·0
8.	16 58 55·611	$-\ 9\ 21\ 59\cdot96$	0·269457	15 25·9
9.	16 58 2·926	$-\ 9\ 20\ 36\cdot44$	0·269423	15 25·8
10.	16 57 10·364	$-\ 9\ 19\ 19\cdot59$	0·269453	15 25·8
11.	16 56 17·980	$-\ 9\ 18\ \ 9\cdot49$	0·269545	15 26·0
12.	16 55 25·827	$9\ 17\ \ 6\cdot25$	0·269699	15 26·4
13.	16 54 33·961	$-\ 9\ 16\ \ 9\cdot92$	0·269915	15 26·8
14.	16 53 42·437	$-\ 9\ 15\ 20\cdot56$	0·270193	15 27·4
15.	16 52 51·311	$-\ 9\ 14\ 38\cdot23$	0·270532	15 28·1
16.	16 52 0·637	$-\ 9\ 14\ \ 2\cdot98$	0·270932	15 29·0
17.	16 51 10·469	$-\ 9\ 13\ 34\cdot86$	0·271392	15 30·0
18.	16 50 20·863	$-\ 9\ 13\ 13\cdot95$	0·271912	15 31·1
19.	16 49 31·869	$-\ 9\ 13\ \ 0\cdot25$	0·272492	15 32·3
20.	16 48 43·541	$-\ 9\ 12\ 53\cdot76$	0·273129	15 33·7
21.	16 47 55·927	$-\ 9\ 12\ 54\cdot50$	0·273825	15 35·2
22.	16 47 9·077	$-\ 9\ 13\ \ 2\cdot50$	0·274577	15 36·8
23.	16 46 23·038	$-\ 9\ 13\ 17\cdot77$	0·275384	15 38·6

Beobachtungen.

Datum	Ort	Ortszeit	α	δ	Parall.
1868 Mai 25.	Leiden	$12^h 55^m 26^s$	$17^h 10^m 54^s\cdot17$	$-9°52'10''3$	$+4''1$
26.		12 50 42	17 10 5·43	$-9\ 49\ 24\cdot5$	$+4\cdot1$
26.	Greenwich	12 50 44	17 10 4·60	$-9\ 49\ 20\cdot9$	$+4\cdot1$
27.	Leiden	12 45 57	17 9 16·08	$-9\ 46\ 44\cdot0$	$+4\cdot1$
„ 28.		12 41 11	17 8 26·12	$-9\ 44\ 11\cdot0$	$+4\cdot1$
Juni 3.	Greenwich	12 12 25	17 3 17·46	$-9\ 30\ 32\cdot4$	$+4\cdot1$
9.	Paris	11 43 37	16 58 2·66	$-9\ 20\ 37\cdot6$	$+4\cdot0$
11.	Leiden	11 34 3	16 56 18·46	$-9\ 18\ 11\cdot7$	$+4\cdot1$
11.	Paris	11 34 1	16 56 18·05	$-9\ 18\ 12\cdot0$	$+4\cdot0$

Datum	Ort	Ortszeit	α	δ	Parall.
1868 Juni 13.	Leiden	$11^h 24^m 28^s$	$16^h 54^m 34 \cdot 86$	$-9°16'13''1$	$+4''2$
13.	Paris	11 24 26	16 54 34·63	-9 16 11·8	$+4·0$
14.	Leiden	11 19 40	16 53 43·52	-9 15 20·0	$+4·2$
15.		11 14 51	16 52 52·50	-9 14 40·5	$+4·1$
16.	„	11 10 4	16 52 1·73	-9 14 5·5	$+4·1$
16.	Paris	11 10 6	16 52 1·83	-9 14 5·3	$+4·0$
17.	„	11 5 20	16 51 11·67	-9 13 36·5	$+4·0$
18.	Leiden	11 0 36	16 50 22·52	-9 13 14·0	$+4·1$
18.	Paris	11 0 34	16 50 21·93	-9 13 17·6	$+4·0$
19.	Leiden	10 55 51	16 49 33·48	-9 13 1·5	$+4·1$
19.	Paris	10 55 50	16 49 33·13	-9 13 6·1	$+4·0$

Vergleichung der Beobachtungen mit der Ephemeride.

		$d\alpha$	$d\delta$
1868 Mai 25.	Leiden	$+0·44$	$-0''7$
26.		$+0·40$	$-0·1$
26.	Greenwich	$+0·18$	$+1·5$
27.	Leiden	$+0·36$	$+0·3$
„ 28.		$+0·27$	$-1·6$
Juni 3.	Greenwich	$+0·30$	$+2·2$
9.	Paris	$+0·19$	$+2·1$
11.	Leiden	$+0·27$	$+2·1$
11.	Paris	$+0·17$	$+1·4$
13.	Leiden	$+0·35$	$+1·6$
13.	Paris	$+0·43$	$+2·4$
14.	Leiden	$+0·37$	$+5·4$
15.		$+0·31$	$+2·5$
16.	„	$+0·05$	$+2·2$
16.	Paris	$+0·45$	$+2·1$
17.	„	$+0·30$	$+2·8$
18.	Leiden	$+0·31$	$+4·5$
18.	Paris	$-0·02$	$+0·7$
19.	Leiden	$+0·12$	$+3·2$
19.	Paris	$+0·06$	$-1·6$

Für die Ephemeridencorrection wird man anzunehmen haben:

$$\text{1868 Juni } 9·5; \quad d\alpha = +0''265, \quad d\delta = +1''65$$

und der daraus entstehende Normalort reducirt auf 1870,0 wird:

$$\text{1868 Juni } 9·5; \quad \alpha = 254°32'13''4, \quad \delta = -9°20'52''3.$$

Für die Störungswerthe findet sich:

$$\begin{array}{lccc}
 & & ♃ & ♄ \\
\text{1868 Juni } 9\cdot5 & \Delta i & +\quad 6\cdot08 & -\quad 0\cdot82 \\
 & \Delta\Omega & -\quad 44\cdot72 & -\quad 6\cdot86 \\
 & \Delta\pi & +6\ 36\cdot06 & -\quad 8\cdot58 \\
 & \Delta\varphi & +3\ 34\cdot02 & -\quad 9\cdot82 \\
 & \Delta L & -6\ 28\cdot66 & -11\cdot49 \\
 & \Delta\mu & +0\cdot2655 & -0\cdot0183.
\end{array}$$

Die Übertragung auf den Äquator ergibt:

$$♃ + ♄$$

$$\begin{array}{ll}
\Delta L' & -6\ 38\cdot41 \\
\Delta\pi' & +6\ 29\cdot22 \\
\Delta\Omega' & +\quad 34\cdot02 \\
\Delta i'' & -\quad 3\cdot11 \\
\Delta\varphi & +3\ 24\cdot20 \\
\Delta\mu & +0\cdot2472.
\end{array}$$

VIII. Opposition (1869).

Die zur Berechnung der Ephemeride benützten Elemente waren:

Epoche und Osculation 1869 October 13·0
mittl. Äquinoctium 1869,0.

$$\begin{array}{ll}
L = & 16°22'57''50 \\
M = & 357\ 54\ 22\cdot88 \\
\pi = & 18\ 28\ 34\cdot62 \\
\Omega = & 170\ 22\ 47\cdot44 \\
i = & 8\ 37\ 12\cdot20 \\
\varphi = & 6\ 49\ 24\cdot49 \\
\mu = & 793\cdot7891 \\
\log a = & 0\cdot4335343
\end{array}$$

$$x = [0\cdot4330865]\sin(E + 108°27'36''99) - 0\cdot3054915$$
$$y = [0\cdot4158188]\sin(E + 19\ 5\ 30\cdot59) - 0\cdot1012354$$
$$z = [9\cdot8442502]\sin(E + 13\ 19\ 1\cdot38) - 0\cdot0191194.$$

Ephemeride.

12^h m. Berl. Zeit	α	δ	$\log\Delta$	Abrrzt.
1869 Sept. 18.	$1^h 11^m 47\cdot087$	$+2°41'13''34$	0·156579	$11^m 53\cdot9$
„ 19.	1 11 13·939	+2 32 36·77	0·155289	11 51·8
20.	1 10 39·691	+2 23 54·75	0·154068	11 49·8
21.	1 10 4·387	+2 15 7·74	0·152919	11 47·9
22.	1 9 28·073	+2 6 16·22	0·151841	11 46·2
23.	1 8 50·798	+1 57 20·68	0·150836	11 44·6
24.	1 8 12·611	+1 48 21·62	0·149906	11 43·0
25.	1 7 33·561	+1 39 19·56	0·149052	11 41·7

12ʰ m. Berl. Zeit	α	δ	logΔ	Abrrzt.
1869 Sept. 26.	1ʰ 6ᵐ53ˢ703	+1°30'15"03	0·148275	11ᵐ40ˢ4
27.	1 6 13·092	+1 21 8·56	0·147575	11 39·3
28.	1 5 31·785	+1 12 0·73	0·146955	11 38·3
29.	1 4 49·843	+1 2 52·10	0·146415	11 37·4
„ 30.	1 4 7·329	+0 53 43·27	0·145955	11 36·7
Oct. 1.	1 3 24·309	+0 44 34·85	0·145577	11 36·1
2.	1 2 40·849	+0 35 27·43	0·145282	11 35·6
3.	1 1 57·020	+0 26 21·61	0·145069	11 35·3
4.	1 1 12·891	+0 17 18·03	0·144940	11 35·1
5.	1 0 28·529	+0 8 17·26	0·144894	11 35·0
6.	0 59 44·007	—0 0 40·04	0·144931	11 35·1
7.	0 58 59·395	—0 9 33·27	0·145053	11 35·2
8.	0 58 14·765	—0 18 21·83	0·145258	11 35·6
9.	0 57 30·189	—0 27 5·14	0·145546	11 36·0
10.	0 56 45·738	—0 35 42·61	0·145917	11 36·6
11.	0 56 1·481	—0 44 13·66	0·146371	11 37·3
12.	0 55 17·486	—0 52 37·76	0·146906	11 38·2
13.	0 54 33·824	—1 0 54·36	0·147522	11 39·2
14.	0 53 50·557	—1 9 2·95	0·148218	11 40·3
15.	0 53 7·749	—1 17 3·03	0·148994	11 41·6
16.	0 52 25·461	—1 24 54·15	0·149848	11 43·0
17.	0 51 43·757	—1 32 35·81	0·150780	11 44·5
18.	0 51 2·691	—1 40 7·63	0·151788	11 46·1
19.	0 50 22·322	—1 47 29·19	0·152870	11 47·9
20.	0 49 42·704	—1 54 40·08	0·154027	11 49·8
21.	0 49 3·894	—2 1 39·93	0·155255	11 51·8
22.	0 48 25·943	—2 8 29·38	0·156556	11 53·9
23.	0 47 48·903	—1 15 5·11	0·157926	11 56·2
24.	0 47 12·824	—2 21 29·80	0·159364	11 58·5

Von Beobachtungen waren mir bis zum Abschlusse dieser Arbeit
(Ende Januar 1870) die folgenden bekannt geworden:

Beobachtungen.

Datum	Ort	Ortszeit	α	δ	Parall.
1869 Sept. 28.	Berlin	12ʰ34ᵐ25ˢ	1ʰ 5ᵐ31ˢ70	+1°11'49"8	+4"9
„ 29.		12 29 47	1 4 49·73	+1 2 41·8	+4·9
„ 30.		12 25 9	1 4 7·44	+0 53 34·9	+4·9
Oct. 1.	„	12 20 30	1 3 24·50	+0 44 28·7	+4·9
9.	Kremsmünster	11 43 12	0 57 31·89	—0 26 56·9	+4·7
11.		11 33 52	0 56 3·48	—0 44 2·1	+4·7
12.		11 29 13	0 55 19·54	—0 52 24·5	+4·7
„ 13.	„	11 24 33	0 54 36·06	—1 0 39·8	+4·7

Vergleichung der Beobachtungen mit der Ephemeride.

			$d\alpha$	$d\delta$
1869 Sept. 28.	Berlin		$+0{\cdot}57$	$+2{\cdot}6$
„ 29.			$+0{\cdot}42$	$+1{\cdot}5$
„ 30.			$+0{\cdot}51$	$+1{\cdot}7$
Oct. 1.	„		$+0{\cdot}46$	$+2{\cdot}1$
9.	Kremsmünster		$+0{\cdot}73$	$+1{\cdot}6$
11.			$+0{\cdot}75$	$+1{\cdot}9$
12.			$+0{\cdot}67$	$+2{\cdot}2$
13.			$+0{\cdot}73$	$+2{\cdot}1$

Es findet sich daraus die Ephemeridencorrection:

$$1869\ \text{Oct.}\ 5{\cdot}5;\quad d\alpha = +0{\cdot}605,\quad d\delta = +1{\cdot}96$$

und der Normalort reducirt auf 1870,0:

$$1869\ \text{Oct.}\ 5{\cdot}5;\quad \alpha = 15°7'41''9\quad \delta = +0°8'30''9.$$

Die Störungswerthe finden sich:

	$\quad$	$\math?$ 4	$\hbar$
1869 Oct. 5·5	Δi	$+\quad 1{\cdot}28$	$-\ 0{\cdot}72$
	$\Delta\Omega$	$-\quad 49{\cdot}21$	$-\ 9{\cdot}95$
	$\Delta\pi$	$+6'\ \ 6{\cdot}97$	$+34{\cdot}19$
	$\Delta\varphi$	$+5\ \ 26{\cdot}32$	$-\ 9{\cdot}80$
	ΔL	$-3\ \ \ 7{\cdot}73$	$-11{\cdot}84$
	$\Delta\mu$	$-0{\cdot}1602$	$+0{\cdot}0042.$

Summirt man diese und überträgt dann dieselben auf den Äquator, so hat man:

	$2\!\!\!1 + \hbar$
$\Delta L'$	$-3'17''74$
$\Delta\pi'$	$+6\ \ 42{\cdot}99$
$\Delta\Omega'$	$+\quad 33{\cdot}62$
$\Delta i'$	$+\quad 1{\cdot}73$
$\Delta\varphi$	$+5\ \ 16{\cdot}52$
$\Delta\mu$	$-0{\cdot}1559.$

Die vorausgehenden Vergleichungen und Zusammenstellungen
können als Grundlage dienen für die weiteren Untersuchungen; doch
dürfte es zweckmäßig sein, das wichtigste herauszuheben und über-
sichtlich zusammenzustellen; in diese Zusammenstellung habe ich

aber auch die zu den Normalorten gehörigen Sonnencoordinaten aufgenommen und zwar A, die Rectascension der Sonne, D die Declination, und R die Entfernung derselben von der Erde und zwar die letzteren beiden Größen in den Verbindungen $R\cos D$ und $R\sin D$, um den Übergang vom heliocentrischen auf den geocentrischen Ort nach den Formeln:

$$\Delta \cos (\alpha - A) \cos \delta = r \cos d \cos (a - A) + R \cos D$$
$$\Delta \sin (\alpha - A) \cos \delta = r \cos d \sin (a - A)$$
$$\Delta \sin \delta = r \sin d + R \sin D$$

unmittelbar ausführen zu können; die mit t überschriebene Columne gibt die Anzahl der Tage an, die seit der Hauptepoche (1865 Januar $7\cdot0$ mittlere Berliner Zeit) verflossen sind; die übrigen Columnen sind ihrer Bedeutung nach in dem Vorausgehenden erläutert worden. Ich will nur noch hier hervorheben, daß vor dem Anfange des Jahres 1865 das mittlere Äquinoctium 1860,0 nach diesem Zeitpunkte aber das des Jahres 1870,0 als maßgebend angenommen ist. Es wird sein

		α	δ	A	$R\cos D$	$R\sin D$
I.	1860 Sept. 27·5	7°23' 4˙6	— 1° 7'51˙8	184°36'57˙05	+1·0006879	—0·0349418
II.	1862 Febr. 20·5	124 49 24·5	+11 46 26·2	334 4 28·65	+0·9720726	—0·1844177
III.	1863 Mai 9·5	207 54 30·3	— 2 7 38·1	46 16 23·74	+0·9638943	+0·3622492
IV.	1864 Juli 24·5	304 13 58·2	— 9 8 40·0	124 24 11·95	+0·9561390	+0·3423141
V.	1865 Dec. 12·5	77 26 23·2	+ 8 53 2·8	260 17 9·89	+0·9048873	—0·3870130
VI.	1867 März 15·5	174 57 23·5	+ 3 10 21·8	355 22 55·58	+0·9945408	—0·0347446
VII.	1868 Juni 9·5	254 32 13·4	— 9 20 52·3	78 23 25·47	+0·9346444	+0·3972540
VIII.	1869 Oct. 5·5	15 7 41·9	+ 0 8 30·9	191 43 19·38	+0·9952832	—0·0877347

t	$\Delta i'$	$\Delta \Omega'$	$\Delta \varphi$	$\Delta \pi'$	$\Delta L'$	$\Delta \mu$
I.	$-1562 \cdot 5$	$-31\overset{''}{\cdot}68$	$-1'36\overset{''}{\cdot}66 +$	$13\overset{''}{\cdot}83$	$-1°29'10\overset{''}{\cdot}53$	$+19'20\overset{''}{\cdot}38$	$-0\overset{''}{\cdot}1594$
II.	$-1051 \cdot 5$	$-33 \cdot 48$	$-1\ 33 \cdot 28 -$	$48 \cdot 34$	$-1\ 19\ 38 \cdot 07$	$+20\ \ 0 \cdot 44$	$-0 \cdot 2964$
III.	$-\ 608 \cdot 5$	$-13 \cdot 95$	$-1\ \ 7 \cdot 33$	$-2'11 \cdot 21 -$	$33\ 12 \cdot 63$	$+\ 4\ 40 \cdot 55$	$-1 \cdot 2548$
IV.	$-\ 166 \cdot 5$	$-\ 0 \cdot 24 +$	$0 \cdot 06 -$	$15 \cdot 91 -$	$46 \cdot 52$	$-\ \ \ 33 \cdot 01$	$+0 \cdot 0451$
V.	$+\ 339 \cdot 5$	$+\ 3 \cdot 72 +$	$9 \cdot 60 +$	$56 \cdot 26 +$	$11 \cdot 08$	$-\ 1\ 21 \cdot 72$	$-0 \cdot 3485$
VI.	$+\ 797 \cdot 5$	$-\ 0 \cdot 56 +$	$35 \cdot 07 +1$	$59 \cdot 58 -$	$20 \cdot 50$	$-\ 5\ 47 \cdot 08$	$-0 \cdot 2636$
VII.	$+1249 \cdot 5$	$-\ 3 \cdot 11 +$	$34 \cdot 02 +3$	$24 \cdot 20 +$	$6\ 29 \cdot 22$	$-\ 6\ 38 \cdot 41$	$+0 \cdot 2472$
VIII.	$+1732 \cdot 5$	$+\ 1\ 73 +$	$33 \cdot 62 +5$	$16 \cdot 52 +$	$6\ 42 \cdot 99$	$-\ 3\ 17 \cdot 74$	$-0 \cdot 1559$

Die Eingangs erwähnten Elemente mußten, damit dieselben streng mit den eben zusammengestellten Normalorten verglichen werden können auf die Äquinoctien 1860,0 und 1870,0 übertragen werden und ich finde so

Epoche und Osculation 1865, Jan. 7·0 mittl. Berliner Zeit

mittl. Ekliptik 1860,0	mittl. Ekliptik 1870,0
$L = 352°33'27\overset{''}{\cdot}71$	$L = 352°41'50\overset{''}{\cdot}10$
$\pi = \ \ 18\ 14\ 34 \cdot 48$	$\pi = \ \ 18\ 22\ 56 \cdot 87$
$\Omega = 170\ 16\ 17 \cdot 33$	$\Omega = 170\ 24\ 37 \cdot 96$
$i = \ \ \ 8\ 37\ 16 \cdot 30$	$i = \ \ \ 8\ 37\ 11 \cdot 60$

$\varphi = 6°44'3\overset{''}{\cdot}01$

$\mu = 793\overset{''}{\cdot}97750.$

Indem ich nun die mittlere Schiefe der Ekliptik (nach Hansen) für 1860,0 mit $23°27'26\overset{''}{\cdot}74$; für 1870,0 mit $23°27'22\overset{''}{\cdot}06$ annahm, erhielt ich die folgenden äquatorealen Elemente:

Epoche und Osculation 1865, Jan. 7·0 mittl. Berliner Zeit

mittl. Äquator 1860,0	mittl. Äquator 1870,0
$L' = 352°51'22\overset{''}{\cdot}02$	$L' = 352°59'28\overset{''}{\cdot}98$
$\pi' = \ \ 18\ 32\ 28 \cdot 79$	$\pi' = \ \ 18\ 40\ 35 \cdot 75$
$\Omega' = \ \ \ 5\ 36\ 23 \cdot 57$	$\Omega' = \ \ \ 5\ 31\ 40 \cdot 90$
$i' = \ \ 15\ \ 1\ 37 \cdot 35$	$i' = \ \ 15\ \ 1\ 17 \cdot 91$

$\varphi = 6°44'3\overset{''}{\cdot}01$

$\mu = 793\overset{''}{\cdot}97750.$

Um kleine Änderungen der äquatorealen Elemente in solche der ekliptikalen Elemente umzusetzen, habe ich mich der Formeln bedient, die ich im XLIX. Bande der Sitzungsberichte (Märzheft) veröffentlicht habe; mit Beibehaltung der daselbst gefundenen Bezeichnungsweise fand ich für den vorliegenden Fall, indem ich die Coëfficienten sofort logarithmisch mittheile:

$$d\Omega = 0{,}223\, d\Omega' + 0{,}232\, di''$$
$$d\sigma = 0{,}418\, d\Omega' + 0{,}228\, di''$$
$$di = 8{.}822\, d\Omega' + 9{,}985\, di''$$
$$d\omega = d\omega' - d\sigma.$$

Ich habe nun die obigen Normalorte direct mit den eben angeführten äquatorealen Elementen mit Rücksicht auf die bereits mitgetheilten Störungswerthe verglichen und finde die folgenden Unterschiede zwischen der Beobachtung und Rechnung ($B - R$).

			$d\alpha$	$d\delta$
I.	1860 Sept.	27·5	$+0''98$	$+0''28$
II.	1862 Febr.	20·5	$-3\cdot34$	$+1\cdot57$
III.	1863 Mai	9·5	$+0\cdot45$	$+1\cdot31$
IV.	1864 Juli	24·5	$-0\cdot31$	$+0\cdot20$
V.	1865 Dec.	12·5	$+1\cdot16$	$-1\cdot12$
VI.	1867 März	15·5	$+2\cdot88$	$-0\cdot75$
VII.	1868 Juni	9·5	$+4\ 01$	$+1\cdot67$
VIII.	1869 Oct.	5·5	$+8\cdot95$	$+1\cdot94.$

Die Summe der Fehlerquadrate ist $= 129{\cdot}93$.

Um nun diese Fehler der Elemente möglichst herabzudrücken
und durch Variation dieser, so weit es thunlich war, wegzuschaffen,
ermittelte ich die Differentialquotienten zwischen den Elementen und
den geocentrischen polaren Coordinaten und bediente mich hiebei der
Form, die ich im XLIX. Bande der Sitzungsberichte vorgeschlagen
habe mit einigen Abänderungen, die sich mir im Verlaufe der zahlreichen Anwendungen, die ich seitdem von diesen Formeln machte,
besonders empfehlenswerth darboten; da sich dieselben aber nirgend
zusammengestellt vorfinden, so werde ich kurz die Gesammtheit der
nöthigen Formeln hier ansetzen.

$$\cos(\alpha - \Omega')\cos i' = A\sin A', \qquad \sin i' = m\sin M$$
$$\sin(\alpha - \Omega') = A\cos A', \qquad -\sin(\alpha - \Omega')\cos i' = m\cos M$$
$$m\sin(M + \delta) = B\sin B'$$
$$\cos(\alpha - \Omega')\sin\delta = B\cos B'$$

$$-\frac{a}{r}\,\mathrm{tg}\,\varphi\sin v = F\sin F', \qquad a^{\frac{3}{2}}\left\{\frac{t\cdot F\sin F'}{a^{\frac{3}{2}}} + \frac{2}{3k}\right\} = G\sin G'$$

$$\frac{a^2}{r^2}\cos\varphi = F\cos F', \qquad t\cdot F\cos F' = G\cos G'$$

$$\frac{2}{3k} = 38\cdot7550$$

$$\frac{a}{r}\cos\varphi\cos v = H\sin H', \qquad\qquad\qquad - F\sin F' = P\sin P'$$

$$\frac{(2 + e\cos v)\sin v}{\cos\varphi} = H\cos H', \quad \frac{a^2}{r^2}\sin\varphi\left\{\operatorname{tg}\frac{1}{2}\varphi - \cos E\left(\frac{r}{a}+1\right)\right\} = P\cos P'$$

Dann ist:

$$\frac{d\alpha\cos\delta}{dL'} = \frac{r}{\Delta}A \cdot F\sin(F' + A' + u'),$$

$$\frac{d\delta}{dL'} = \frac{r}{\Delta}B \cdot F\sin(F' + B' + u')$$

$$\frac{d\alpha\cos\delta}{d\mu} = \frac{r}{\Delta}A \cdot G\sin(G' + A' + u')$$

$$\frac{d\delta}{d\mu} = \frac{r}{\Delta}B \cdot G\sin(G' + B' + u')$$

$$\frac{d\alpha\cos\delta}{d\varphi} = \frac{r}{\Delta}A \cdot H\sin(H' + A' + u')$$

$$\frac{d\delta}{d\varphi} = \frac{r}{\Delta}B \cdot H\sin(H' + B' + u')$$

$$\frac{d\alpha\cos\delta}{d\pi'} = \frac{r}{\Delta}A \cdot P\sin(P' + A' + u')$$

$$\frac{d\delta}{d\pi'} = \frac{r}{\Delta}B \cdot P\sin(P' + B' + u')$$

$$\frac{d\alpha\cos\delta}{\sin i'\, d\Omega'} = \frac{r}{\Delta}\cos(\alpha - \Omega' + u')\operatorname{tg}\frac{1}{2}i'$$

$$\frac{d\delta}{\sin i'\, d\Omega'} = -\frac{r}{\Delta}\left\{\sin\delta\sin(\alpha - \Omega' + u')\operatorname{tg}\frac{1}{2}i' + \cos u'\cos\delta\right\}$$

$$\frac{d\alpha\cos\delta}{\cos i'\, di'} = -\frac{r}{\Delta}\sin u'\cos(\alpha - \Omega')\operatorname{tg}i'$$

$$\frac{d\delta}{\cos i'\, di'} = \frac{r}{\Delta}\left\{\sin(\alpha - \Omega')\sin\delta\operatorname{tg}i' + \cos\delta\right\}\sin u'.$$

Ich habe nun die vorstehenden Formeln für jeden der obigen acht Normalorte vierstellig berechnet; um aber die Quadrattafeln bei der Bildung der Normalgleichungen bequem anwenden zu können, schien es angemessen, alle Coëfficienten kleiner als die Einheit zu machen. Ich habe daher gesetzt:

$$x = 3dL' \qquad\qquad u = \frac{10}{3}d\varphi$$

$$y = \frac{1}{2}d\pi' \qquad\qquad v = 2\,d\Omega'\sin i'$$

$$z = 4000d\mu\,, \qquad w = 2di'\cos i'$$

und habe überdieß als Fehlereinheit den Werth von zehn Bogensecunden angenommen. Unter diesen Voraussetzungen gelten die folgenden 16 Bedingungsgleichungen:

für die Rectascensionen

$$+0\cdot0980 = +0\cdot7010x \;-0\cdot8952y \;-0\cdot8198z \;-0\cdot1867u \;+0\cdot1128v \;-0\cdot0027w$$
$$-0\cdot3270 = +0\cdot4489 \;+0\cdot1893 \;-0\cdot3647 \;+0\cdot7905 \;-0\cdot0373 \;+0\cdot0759$$
$$+0\cdot0450 = +0\cdot3772 \;+0\cdot5585 \;-0\cdot1785 \;-0\cdot1920 \;+0\cdot0602 \;-0\cdot0879$$
$$-0\cdot0306 = +0\cdot5844 \;-0\cdot2699 \;-0\cdot0730 \;-0\cdot9594 \;-0\cdot0594 \;+0\cdot0927$$
$$+0\cdot1146 = +0\cdot6151 \;-0\cdot4679 \;+0\cdot1554 \;+0\cdot8662 \;-0\cdot0878 \;-0\cdot0646$$
$$+0\cdot2875 = +0\cdot3924 \;+0\cdot5409 \;+0\cdot2345 \;+0\cdot3367 \;+0\cdot0919 \;+0\cdot0370$$
$$+0\cdot3956 = +0\cdot4556 \;+0\cdot3235 \;+0\cdot4254 \;-0\cdot7506 \;-0\cdot0774 \;-0\cdot0698$$
$$+0\cdot8950 = +0\cdot7052 \;-0\cdot9208 \;+0\cdot9180 \;-0\cdot0743 \;+0\cdot1074 \;-0\cdot0333$$

für die Declinationen

$$+0\cdot0280 = +0\cdot1879x \;-0\cdot2381y \;-0\cdot2218z \;-0\cdot0662u \;-0\cdot8566v \;+0\cdot0101w$$
$$+0\cdot1570 = -0\cdot0580 \;-0\cdot0324 \;+0\cdot0455 \;-0\cdot0996 \;+0\cdot4643 \;+0\cdot5950$$
$$+0\cdot1310 = -0\cdot0894 \;-0\cdot1395 \;+0\cdot0464 \;+0\cdot0216 \;+0\cdot6418 \;-0\cdot3553$$
$$+0\cdot0200 = +0\cdot0777 \;-0\cdot0616 \;-0\cdot0046 \;-0\cdot1105 \;-0\cdot3905 \;-0\cdot7390$$
$$-0\cdot1120 = +0\cdot0540 \;-0\cdot0705 \;+0\cdot0070 \;+0\cdot0440 \;-0\cdot2360 \;+0\cdot7963$$
$$-0\cdot0750 = -0\cdot1035 \;-0\cdot1417 \;-0\cdot0615 \;-0\cdot0910 \;+0\cdot7358 \;+0\cdot1404$$
$$+0\cdot1670 = -0\cdot0375 \;-0\cdot0536 \;-0\cdot0295 \;+0\cdot0493 \;+0\cdot2582 \;-0\cdot7456$$
$$+0\cdot1940 = +0\cdot1868 \;-0\cdot2426 \;+0\cdot2399 \;-0\cdot0441 \;-0\cdot8476 \;+0\cdot1260$$

Es schien mir vor Allem wünschenswerth die eben angesetzten Coëfficienten einer zuverlässigen Prüfung zu unterziehen, und diese wird erhalten, wenn man die Elemente stark abändert und dann die daraus entstehenden Änderungen in den geocentrischen Coordinaten einerseits durch directe Rechnung aufsucht und andererseits mit

Hilfe dieser Differentialquotienten ermittelt; beide Resultate müssen innerhalb der Unsicherheit der logarithmischen Rechnung identisches geben. Ich habe zu diesem Ende angenommen:

$$dL_0' = + 20", \qquad d\Omega' = + 40"$$
$$d\pi' = + 60", \qquad di'' = + 20"$$
$$d\varphi = + 20", \qquad d\mu = + 0"01000$$

und erhielt so die in Folge dieser Änderungen entstehenden Differenzen

		nach der directen Rechnung		nach den Differentialformeln	
		$d\alpha \cos\delta$	$d\delta$	$d\alpha \cos\delta$	$d\delta$
Normalort	I.	$-27"83$	$-26"55$	$-27"79$	$-26"52$
	II.	$+72 \cdot 90$	$+23 \cdot 32$	$-72 \cdot 89$	$+23 \cdot 35$
	III.	$+17 \cdot 30$	$- 6 \cdot 68$	$+17 \cdot 31$	$- 6 \cdot 67$
	IV.	$-37 \cdot 52$	$-41 \cdot 41$	$-37 \cdot 56$	$-41 \cdot 43$
	V.	$+82 \cdot 54$	$+30 \cdot 14$	$+82 \cdot 52$	$+30 \cdot 17$
	VI.	$+74 \cdot 87$	$+ 1 \cdot 70$	$+74 \cdot 91$	$+ 1 \cdot 70$
	VII.	$- 0 \cdot 31$	$-25 \cdot 20$	$- 0 \cdot 27$	$-25 \cdot 21$
	VIII.	$+47 \cdot 39$	$- 2 \cdot 13$	$+47 \cdot 39$	$-- 2 \cdot 12$

Die Übereinstimmung zwischen beiden Resultaten ist eine höchst befriedigende und die kleinen auftretenden Differenzen liegen völlig innerhalb der Unsicherheitsgrenzen der beiderseitigen Rechnungen, und hiemit erscheint die Richtigkeit der bisherigen Entwicklungen auf eine zuverlässige Weise geprüft.

Es waren nun die obigen sechszehn Bedingungsgleichungen in sechs Normalgleichungen zusammenzufassen, es schien mir hiebei am Zweckentsprechendsten zu sein, dem Resultate jeder Opposition das gleiche Gewicht zu geben; denn die Vertheilung der Gewichte nach Maßgabe der Anzahl der Beobachtungen könnte nur dann in Anwendung kommen, wenn man überzeugt wäre theoretisch völlig genau die Verbindung zwischen den einzelnen Oppositionen hergestellt zu haben, was doch thatsächlich kaum zu erreichen ist und die Berücksichtigung der störenden Einflüsse noch mehrerer anderer Planeten fordern würde.

Ich erhielt nach den bekannten Methoden die folgenden Normalgleichungen·

$$+2\cdot5164x \quad -1\cdot1344y \quad +0\cdot1845z \quad -0\cdot1541u \quad -0\cdot4596v \quad -0\cdot0055w = +0\cdot9335$$
$$-1\cdot1344 \quad +2\cdot8533 \quad -0\cdot0715 \quad +0\cdot1115 \quad +0\cdot1361 \quad +0\cdot0079 \quad = -0\cdot7789$$
$$+0\cdot1845 \quad -0\cdot0715 \quad +2\cdot0603 \quad -0\cdot2003 \quad -0\cdot0267 \quad -0\cdot0170 \quad = +1\cdot1609$$
$$-0\cdot1541 \quad +0\cdot1115 \quad -0\cdot2003 \quad +3\cdot0913 \quad +0\cdot0401 \quad -0\cdot0062 \quad = -0\cdot4387$$
$$-0\cdot4596 \quad +0\cdot1361 \quad -0\cdot0267 \quad +0\cdot0401 \quad +2\cdot9508 \quad -0\cdot0588 \quad = +0\cdot0847$$
$$-0\cdot0055 \quad +0\cdot0079 \quad -0\cdot0170 \quad -0\cdot0062 \quad -0\cdot0588 \quad +2\cdot2857 \quad = -0\cdot2534$$

Um nun die spätere Bestimmung der Gewichte der Unbekannten
zu erleichtern und auch eine zuverlässige Prüfung für die Richtigkeit
der Auflösung dieser Normalgleichungen zu erhalten, habe ich die
Elimination in zwei Richtungen durchgeführt. Es war hiebei aber
nicht nöthig größere logarithmische Tafeln als fünfstellige zu be-
nützen, da offenbar die Unbekannten sich mit großer Sicherheit aus
diesen Gleichungen ergeben müssen. Die erste Elimination gab mir
(die Coëfficienten sind hier logarithmisch angesetzt):

$$0\cdot40078x \quad +0_n05477y \quad +9\cdot26600z \quad +9_n18780u \quad +9_n66238v \quad +7_n74036w \quad =9\cdot97011$$
$$0\cdot36957 \qquad 8\cdot06707 \qquad 8\cdot62356 \qquad 8_n85181 \qquad 7\cdot73400 \qquad =9_n55398$$
$$0\cdot31106 \qquad 9_n27694 \qquad 7\cdot86629 \qquad 8_n22089 \qquad =0\cdot03911$$
$$0\cdot48624 \qquad 8\cdot14364 \qquad 7_n91275 \qquad =9_n43767$$
$$0\cdot45706 \qquad 8_n77481 \qquad =9\cdot38319$$
$$0\cdot35875 \qquad =9_n37539$$

Ich habe während der Elimination auf die bekannte Weise die
Herabminderung der Summe der Fehlerquadrate bestimmt und finde
so für das Minimum derselben

$$[nn] = 24^\cdot37.$$

Die Kleinheit dieser Zahl (dieselbe summirt sich aus 16 Fehler-
quadraten) zeigt wohl, daß diese Bahnbestimmung einen sehr nahen
Anschluß an die Beobachtungen erzielen wird.

Die zweite Elimination in verkehrter Richtung ergab (Coëfficienten logarithmisch):

$$0\cdot35902x \quad +8_n76938y \quad +7_n79239z \quad +8_n23045u \quad +7\cdot89763v \quad +7_n74036w \quad =9_n40381$$
$$0\cdot46972 \qquad 8\cdot60141 \qquad 8_n43361 \qquad 9\cdot13450 \qquad 9_n66251 \qquad =8\cdot89310$$
$$0\cdot49006 \qquad 9_n30096 \qquad 9\cdot04009 \qquad 9_n16991 \qquad =9_n64390$$
$$0\cdot31111 \qquad 8_n79996 \qquad 9\cdot23213 \qquad =0\cdot05355$$
$$0\cdot45349 \qquad 0_n04243 \qquad =9_n86400$$
$$0\cdot30005 \qquad =9\cdot73715$$

Die Summe der übrig bleibenden Feblerquadrate findet sich hier in völliger Übereinstimmung mit dem Werthe der ersten Lösung

$$[nn] = 24 \cdot 37.$$

Die logarithmischen Werthe der Unbekannten selbst werden nach der

	I. Lösung	II. Lösung
$\log x$	9·43709	9·43710
$\log y$	9ₙ17946	9ₙ17944
$\log z$	9·72030	9·72030
$\log u$	8ₙ95457	8ₙ95461
$\log v$	8·91486	8·91481
$\log w$	9ₙ01664	9ₙ01664

so daß auch hier eine höchst befriedigende Übereinstimmung hervortritt. Bestimmt man nun nach den bekannten Methoden den mittleren und wahrscheinlichen Fehler einer der obigen Bedingungsgleichungen, so findet sich

$$\text{der mittlere Fehler} = \pm 1 \cdot 561$$
$$\text{der wahrscheinliche} \quad = \pm 1 \cdot 053.$$

Die Gewichte der Unbekannten sind:

für w:	2·2843	für x:	1·9955
v:	2·8630	y:	2·3394
u:	2·2843	z:	2·0060.

Es finden sich demnach die Correctionen der obigen äquatorealen Elemente, nebst den wahrscheinlichen Fehler derselben:

$$dL' = +0 \cdot 91 \qquad \pm 0 \cdot 25$$
$$d\pi' = -3 \cdot 02 \qquad \pm 1 \cdot 38$$
$$d\mu = +0 \cdot 00131 \qquad \pm 0 \cdot 00019$$
$$d\varphi = -0 \cdot 27 \qquad \pm 0 \cdot 21$$
$$d\Omega' = +1 \cdot 59 \qquad \pm 1 \cdot 20$$
$$di' = -0 \cdot 54 \qquad \pm 0 \cdot 36.$$

Ich habe noch, um mich von der Richtigkeit des Zusammenfassens der Bedingungsgleichungen in die Normalgleichungen zu überzeugen, durch Substitution der gefundenen Correctionen der Elemente in die Bedingungsgleichungen die übrig bleibenden Fehler gesucht und gefunden:

$$d\alpha \cos\delta \qquad d\delta$$

	$d\alpha \cos\delta$	$d\delta$
I.	$+1{\cdot}75$	$+1{\cdot}23$
II.	$-1{\cdot}47$	$+1{\cdot}59$
III.	$+0{\cdot}89$	$+0{\cdot}22$
IV.	$-2{\cdot}65$	$-0{\cdot}63$
V.	$-1{\cdot}27$	$-0{\cdot}35$
VI.	$+1{\cdot}65$	$-0{\cdot}89$
VII.	$+0{\cdot}28$	$+0{\cdot}90$
VIII.	$+0{\cdot}62$	$+0{\cdot}59$

und es findet sich daraus $[nn]$ in schöner Übereinstimmung mit dem auf ganz andere Weise (während der Elimination) erhaltenen Werthe dieser Größe

$$[nn] = 24{\cdot}38.$$

Die oben ermittelten Correctionen der äquatorealen Elemente habe ich nun an die Elemente selbst angebracht und um nun Alles einer umfassenden Controlle zu unterwerfen aus diesen Elementen die Darstellung der Orte direct abgeleitet, wiewohl nach dem Zutreffen der bisherigen Prüfungen wohl kaum ein Zweifel an der Richtigkeit der Entwicklungen und Rechnungen bestehen kann und finde so die folgenden Differenzen, die in höchst befriedigender Weise mit dem obigen Substitutionsresultate übereinstimmen. Es wird so erhalten:

			$d\alpha \cos\delta$	$d\delta$
I.	1860 Sept.	$27{\cdot}5$	$+1{\cdot}73$	$+1{\cdot}24$
II.	1862 Febr.	$20{\cdot}5$	$-1{\cdot}47$	$+1{\cdot}60$
III.	1863 Mai	$9{\cdot}5$	$+0{\cdot}88$	$+0{\cdot}23$
IV.	1864 Juli	$24{\cdot}5$	$-2{\cdot}64$	$-0{\cdot}61$
V.	1865 Dec.	$12{\cdot}5$	$-1{\cdot}26$	$-0{\cdot}37$
VI.	1867 März	$15{\cdot}5$	$+1{\cdot}69$	$-0{\cdot}90$
VII.	1868 Juni	$9{\cdot}5$	$+0{\cdot}29$	$+0{\cdot}90$
VIII.	1869 Oct.	$5{\cdot}5$	$+0{\cdot}63$	$+0{\cdot}61$

Es war nun noch nöthig die gefundenen Änderungen der äquatorealen Elemente, in solche der ekliptikalen überzuführen und macht man von den auf pag. 701 mitgetheilten Coëfficienten Gebrauch, so findet sich:

$$dL = +0{\cdot}83$$
$$d\pi = -3{\cdot}10$$
$$d\Omega = -1{\cdot}74$$
$$di = +0{\cdot}63$$
$$d\varphi = -0{\cdot}27$$
$$d\mu = +0{\cdot}00131$$

und die Elemente selbst sind:

$$\text{Epoche und Osculation 1865, Jan. } 7 \cdot 0 \text{ m. Berl. Zeit}$$

$$\text{mittl. Ekliptik 1860,0} \qquad\qquad \text{mittl. Ekliptik 1870,0}$$

$$L = 352°33'28"54 \qquad\qquad L = 352°41'50"93$$
$$\pi = 18\ 14\ 31\cdot38 \qquad\qquad \pi = 18\ 22\ 53\cdot77$$
$$\Omega = 170\ 16\ 15\cdot59 \qquad\qquad \Omega = 170\ 24\ 36\cdot22$$
$$i = 8\ 37\ 16\cdot93 \qquad\qquad i = 8\ 37\ 12\cdot23$$

$$\varphi = 6°44'2"74$$
$$\mu = 793"97881.$$

Läßt man nun das Äquinoctium mit der Osculationsepoche zu-
sammenfallen und kürzt die in den Elementen übrig bleibenden Hun-
derttheile der Bogensecunde ab, so erhält man die folgenden definitiven Elemente:

(59) Elpis.

$$\text{Epoche, Osculation und mittl. Äquinoct. 1865, Jan. } 7\cdot0 \text{ m. Berl. Zeit}$$

$$L = 352°37'40"7$$
$$M = 334\ 18\ 57\cdot1$$
$$\pi = 18\ 18\ 43\cdot6$$
$$\Omega = 170\ 20\ 26\cdot9$$
$$i = 8\ 37\ 14\cdot6$$
$$\varphi = 6\ 44\ 2\cdot7$$
$$\mu = 793"97881$$
$$\log a = 0\cdot4334651.$$

Es ist für die Vorausbestimmung der Lichtstärke und Größe
(Helligkeit) des Planeten wünschenswerth, seine mittlere Oppositions-
helligkeit zu kennen und ich habe über diese die folgenden Angaben
gesammelt und reducirt:

Datum		Beobachter	geschätzte Größe	mittl. Oppositions-größe $= Mg.$
1860 Sept.	17.	Ed. Weiss	9·8	10·5
„	25.	Pogson	9·6	10·3
Oct.	3.	„	10·2	10·9
„	9.	Auwers	10·5	11·2
1861 Jan.	12.	Förster	11·8	11·3
Febr.	8.		12·0	11·2

Datum		Beobachter	geschätzte Größe	mittl. Oppositions- größe $= Mg$.
1863 Mai	7.	Oppolzer	11·6	11·0
	10.		11·3	10·7
„	19.		11·5	10·8
1864 Juli	2.	„	11·0	11·1
„	3.	Ed. Weiss	11·0	11·1
1865 Dec.	8.	Oppolzer	10·0	10·4
1867 März	22.		11·3	10·7

Es ist also im Mittel:

$$Mg = 10·86.$$

Die obigen Elemente sind zweifellos so genau, daß auf eine lange Reihe von Jahren die Vorausbestimmung der Orte dieses Planeten mit großer Sicherheit möglich wird, und ich habe hier dieselbe für die Jahre 1871 und 1872 in der Form angegeben, wie dieselbe in der Regel von dem astronomischen Berliner Jahrbuch geliefert wird.

Angewandte Elemente:

Epoche und Osculation 1871 Febr. 5·0

m. Äq. 1870,0

$$L = 122°\ 8'54'6$$
$$M = 104\ 14\ 46·3$$
$$\pi = 17\ 54\ 8·3$$
$$\Omega = 170\ 18\ 35·0$$
$$i = 8\ 37\ 7·0$$
$$\varphi = 6\ 51\ 21·0$$
$$\mu = 794'3127$$
$$\log a = 0·433344$$

$$x = [0·432911] \sin (E + 107°53'20'8) - 0·307814$$
$$y = [0·415579] \sin (E + 18\ 31\ 9·4) - 0·098717$$
$$z = [9·844132] \sin (E + 12\ 42\ 15·6) - 0·018336.$$

(59) Elpis 1871.

Jahresephemeride.

0ʰ Berl. Zeit	A : R.	Decl.	$\log\Delta$	$\log r$
Januar 16.	9ʰ 15ᵐ6	+ 7°20'	0·274	0·448
Febr. 5.	8 59·1	+ 9 9	0·266	0·451
„ 25.	8 43·7	+11 17	0 286	0·454
März 17.	8 35·8	+13 4	0·325	0·458
April 6.	8 37·7	+14 10	0·374	0·461
„ 26.	8 48·3	+14 32	0·423	0·464
Mai 16.	9 5·4	+14 13	0·468	0·466
Juni 5.	9 27·0	+13 16	0·507	0·469
„ 25.	9 51·5	+11 50	0·540	0·471
Juli 15.	10 17·8	+ 9 58	0·565	0·473
Aug. 4.	10 45·2	+ 7 46	0·584	0·475
„ 24.	11 13·2	+ 5 19	0·597	0·477
Sept. 13.	11 41·3	+ 2 44	0·603	0·478
Oct. 3.	12 9·7	+ 0 6	0·602	0·479
„ 23.	12 37·7	− 2 27	0·595	0·480
Nov. 12.	13 5·1	− 4 50	0·581	0·481
Dec. 2.	13 31·4	− 6 56	0·560	0·482
22.	13 55·9	− 8 36	0·531	0·482
42.	14 17·4	− 9 46	0·496	0·482

(59) Elpis 1871.

Oppositionsephemeride.

12ʰ m. Berl. Zeit	α	δ	logΔ	Abrzt.
Januar 18.	9ʰ 13ᵐ 46·38	+ 7°30' 57·2	0·271402	15ᵐ 30
19.	9 12 59·98	+ 7 35 38·5	0·270563	15 28
20.	9 12 12·80	+ 7 40 28·1	0·269787	15 27
21.	9 11 24·89	+ 7 45 25·6	0·269074	15 25
22.	9 10 36·30	+ 7 50 30·6	0·268426	15 24
23.	9 9 47·09	+ 7 55 43·0	0·267844	15 22
24.	9 8 57·33	+ 8 1 2·2	0·267327	15 21
25.	9 8 7·07	+ 8 6 28·1	0·266877	15 20
26.	9 7 16·38	+ 8 12 0·4	0·266494	15 20
27.	9 6 25·32	+ 8 17 38·7	0·266180	15 19
28.	9 5 33·95	+ 8 23 22·7	0·265935	15 18
29.	9 4 42·32	+ 8 29 12·2	0·265758	15 18
„ 30.	9 3 50·50	+ 8 35 6·7	0·265649	15 18
„ 31.	9 2 58·54	+ 8 41 6·0	0·265610	15 18
Febr. 1.	9 2 6·49	+ 8 47 9·7	0·265641	15 18
2.	9 1 14·42	+⊦ 8 53 17·5	0·265741	15 18
☍ „ 3.	9 0 22·39	+ 8 59 29·0	0·265909	15 18
4.	8 59 30·47	+ 9 5 43·9	0·266148	15 19
5.	8 58 38·70	+ 9 12 1·9	0·266456	15 19
6.	8 57 47·15	+ 9 18 22·5	0·266833	15 20
7.	8 56 55·87	⊹ 9 24 45·5	0·267279	15 21
8.	8 56 4·92	+ 9 31 10·4	0·267793	15 22
9.	8 55 14·35	⊹ 9 37 36·9	0·268375	15 24
10.	8 54 24·23	⊹ 9 44 4·7	0·269024	15 25
11.	8 53 34·62	+ 9 50 33·6	0·269740	15 26
12.	8 52 45·58	+ 9 57 3·1	0·270523	15 28
13.	8 51 57·16	+10 3 33·0	0·271372	15 30
14.	8 51 9·40	+10 10 2·8	0·272285	15 32
15.	8 50 22·36	+10 16 32·3	0·273262	15 34
16.	8 49 36·09	+10 23 1·1	0·274303	15 36
17.	8 48 50·65	+10 29 28·9	0·275406	15 39
18.	8 48 6·08	+10 35 55·4	0·276569	15 41
19.	8 47 22·44	+10 42 20·3	0·277792	15 44
20.	8 46 39·79	+10 48 43·3	0·279074	15 47
21.	8 45 58·16	+10 55 4·0	0·280414	15 49
22.	8 45 17·62	+11 1 22·2	0·281810	15 53
23.	8 44 38·22	+11 7 37·5	0·283262	15 56

(59) ☍ ☉ Febr. 3, 15ʰ

Lichtstärke = 0·81

Größe = 11·0.

Angewandte Elemente:

Epoche und Osculation 1872, April 20·0

m. Äq. 1870·0

$$L = 219°17'\ 2''5$$
$$M = 201\ 33\ 28\cdot3$$
$$\pi = 17\ 43\ 34\cdot2$$
$$\Omega = 170\ 18\ 21\cdot1$$
$$i = 8\ 37\ 9\cdot6$$
$$\varphi = 6\ 51\ 12\cdot5$$
$$\mu = 794''4837$$
$$\log a = 0\cdot433281$$

$$x = [0\cdot432852]\ \sin(E + 107°42'51''0) - 0\cdot307970$$
$$y = [0\cdot415510]\ \sin(E + 18\ 20\ 32\cdot1) - 0\cdot097757$$
$$z = [9\cdot844050]\ \sin(E + 12\ 31\ 27\cdot0) - 0\cdot018070.$$

(59) Elpis 1872.

Jahresephemeride.

0ʰ Berl. Zeit	A : R.	Decl.	log Δ	log r
Jan. 11.	14ʰ17ᵐ4	− 9°46'	0·496	0·482
„ 31.	14 34·6	−10 16	0·454	4·482
Febr. 20.	14 45·3	−10 2	0·409	0·482
März 11.	14 48·3	− 9 1	0·363	0·481
31.	14 41·4	− 7 17	0·326	0·481
April 20.	14 28·8	− 5 11	0·306	0·480
Mai 10.	14 13·0	− 3 20	0·309	0·478
30.	14 1·1	− 2 20	0·335	0·477
Juni 19.	13 56·7	− 2 22	0·373	0·475
Juli 9.	14 0·7	− 3 18	0·415	0·474
„ 29.	14 12·0	− 4 52	0·456	0·472
Aug. 18.	14 29·2	− 6 50	0·492	0·470
Sept. 7.	14 50·9	− 8 58	0·523	0·467
„ 27.	15 16·5	−11 5	0·547	0·464
Oct. 17.	15 45·0	−13 3	0·565	0·462
Nov. 6.	16 16·0	−14 45	0·577	0·459
„ 26.	16 48·8	−15 59	0·582	0·455
Dec. 16.	17 22·8	−16 46	0·580	0·452
36.	17 57·3	−17 2	0·572	0·449

(59) Elpis 1872.

Oppositionsephemeride.

12ʰ m. Berl. Zeit	α		$\log\Delta$	Abrrzt.
April 8.	14ʰ 37ᵐ 10ˢ21	—6°24' 5"8	0·314985	17ᵐ 8ˢ
9.	14 36 29·97	—6 17 42·9	0·313918	17 6
10.	14 35 48·89	—6 11 19·1	0·312906	17 3
11.	14 35 7·00	—6 4 54·6	0·311950	17 1
12.	14 34 24·37	—5 58 29·7	0·311050	16 59
13.	14 33 41·04	—5 52 4·7	0·310208	16 57
14.	14 32 57·05	—5 45 40·0	0·309423	16 55
15.	14 32 12·45	—5 39 15·9	0·308697	16 53
16.	14 31 27·28	—5 32 52·7	0·308029	16 52
17.	14 30 41·60	—5 26 30.9	0·307421	16 50
18.	14 29 55·44	—5 20 10·7	0·306872	16 49
19.	14 29 8·86	—5 13 52·4	0·306382	16 48
20.	14 28 21·90	—5 7 36·3	0·305952	16 47
21.	14 27 34·62	—5 1 22·7	0·305583	16 46
22.	14 26 47·05	—4 55 11·9	0·305276	16 45
23.	14 25 59·25	—4 49 4·3	0·305029	16 45
24.	14 25 11·26	—4 43 0·1	0·304844	16 44
25.	14 24 23·14	—4 36 59·7	0·304720	16 44
26.	14 23 34·94	—4 31 3·3	0·304658	16 44
27.	14 22 46·69	—4 25 11·3	0·304656	16 44
28.	14 21 58·45	—4 19 23·8	0·304717	16 44
29.	14 21 10·25	—4 13 41·3	0·304839	16 44
30.	14 20 22·15	—4 8 4·1	0·305021	16 45
Mai 1.	14 19 34·20	—4 2 32·4	0·305264	16 45
2.	14 18 46·46	—3 57 6·5	0·305567	16 46
3.	14 17 58·98	—3 51 46·8	0·305931	16 47
4.	14 17 11·81	—3 46 33·4	0·306355	16 48
5.	14 16 25·00	—3 41 26·6	0·306837	16 49
6.	14 15 38·59	—3 36 26·8	0·307378	16 51
7.	14 14 52·64	—3 31 34·2	0·307977	16 52
8.	14 14 7·20	—3 26 49·1	0·308633	16 53
9.	14 13 22·30	—3 22 11·5	0·309345	16 55
10.	14 12 37·99	—3 17 41·8	0·310113	16 57
11.	14 11 54·32	—3 13 20·3	0·310936	16 59
12.	14 11 11·32	—3 9 7·0	0·311812	17 1
13.	14 10 29·04	—3 5 2·1	0·312741	17 3
14.	14 9 47·53	—3 1 5·6	0·313721	17 5

Schließlich gebe ich, um die Fortführung der Störungsrechnung Jedermann ohne Mühe zu ermöglichen, das Schema der letzten summirten Functionen. Die angewandten Maßen sind:

$$\mathrm{2\!\!\!\;4} = \frac{1}{1049}, \qquad \hbar = \frac{1}{3501.6}$$

und das mittlere Äquinoctium 1870,0 liegt den Werthen zu Grunde, die sich selbst auf die Osculationsepoche 1865 Januar 7·0 mittl. Berliner Zeit beziehen.

Jupiterstörungen.

	$'f$	$20\frac{di}{dt}$	$'f$	$20\frac{d\Omega}{dt}$	$'f$	$20\frac{d\varphi}{dt}$	$'f$	$20\frac{d\pi}{dt}$	$''f$	$'f$	$400\frac{d\mu}{dt}$	$'f$	$\frac{dL}{dt}$
1873 Dec. 1.		$+0''057$		$-0''055$		$-0''628$		$-16''05$	$+1'54''6309$		$-0''0460$		$-3''622$
11.	$-1''989$		$-6'30''509$		$+6'32''227$		$-51'42''48$			$-0''1019$		$-4'40''326$	
21.		$+0\cdot049$		$-0\cdot016$		$-0\cdot756$		$-15\cdot20$	$+1\ 54\cdot5290$		$-0\cdot0060$		$-3\cdot619$
„ 31.	$-1\cdot940$		$-6\ 30\cdot525$		$+6\ 31\cdot471$		$-51\ 57\cdot68$			$-0\cdot1079$		$-4\ 43\cdot945$	
1874 Jan. 10.		$+0\cdot040$		$+0\cdot013$		$-0\cdot900$		$-14\cdot56$	$+1\ 54\cdot4211$		$+0\cdot0347$		$-3\cdot591$
20.	$-1\cdot900$		$-6\ 30\cdot512$		$+6\ 30\cdot571$		$-52\ 12\cdot24$			$-0\cdot0732$		$-4\ 47\cdot536$	

Saturnstörungen.

	$'f$	$20\frac{di}{dt}$	$'f$	$20\frac{d\Omega}{dt}$	$'f$	$20\frac{d\varphi}{dt}$	$'f$	$20\frac{d\pi}{dt}$	$''f$	$'f$	$400\frac{d\mu}{dt}$	$'f$	$\frac{dL}{dt}$
1873 Dec. 1.		$+0''028$		$-0''027$		$-0''306$		$+1''10$	$-\ ''5857$		$+0''0426$		$-0''100$
11.	$-0''082$		$-19''388$		$-11''728$		$-32''12$			$-0''0271$		$-19''033$	
21.		$+0\cdot024$		$-0\cdot008$		$-0\cdot289$		$+1\cdot03$	$-\ 2\cdot6128$		$+0\cdot0404$		$-0\cdot044$
31.	$-0\cdot058$		$-19\cdot396$		$-12\cdot017$		$-31\cdot09$			$+0\cdot0133$		$-19\cdot077$	
1874 Jan. 10.		$+0\cdot020$		$+0\cdot007$		$-0\cdot266$		$+0\cdot94$	$-\ 2\cdot5995$		$+0\cdot0372$		$+0\cdot005$
20.	$-0\cdot038$		$-19\cdot389$		$-12\cdot283$		$-30\cdot15$			$+0\cdot0505$		$-19\cdot072$	

Tafel der speciellen Störungen des Planeten

(59) „**Elpis**"

durch

Jupiter.

Für den Zeitraum 1860 Aug. 21. — 1874 Jan. 20.

Vor **1865,0** liegt das mittlere Äquinoctium **1860,0** zu Grunde.
Nach   **1870,0**

$$\text{♃} = \frac{1}{1049}.$$

Jupiter.

	Δi	$\Delta\Omega$	$\Delta\pi$	$\Delta\varphi$	ΔL	$\Delta\mu.$
1860 Aug. 21.	$+24''13$	$+3'35''55$	$-1°27'14''2$	$+\quad26''45$	$+19'21''67$	$-0''2004$
Sept. 10.	$+24\cdot36$	$+3\ 35\cdot76$	$-1\ 27\ \ 11\cdot6$	$+\quad22\cdot90$	$+19\ \ 16\cdot53$	$-0\cdot1777$
„ 30.	$+24\cdot57$	$+3\ 36\cdot09$	$-1\ 27\ \ \ 9\cdot9$	$+\quad19\cdot30$	$+19\ \ 12\cdot20$	$-0\cdot1545$
Oct. 20.	$+24\cdot76$	$+3\ 36\cdot53$	$-1\ 27\ \ \ 9\cdot4$	$+\quad15\cdot70$	$+19\ \ \ 8\cdot70$	$-0\cdot1312$
Nov. 9.	$+24\cdot93$	$+3\ 37\cdot05$	$-1\ 27\ \ \ 9\cdot8$	$+\quad12\cdot12$	$+19\ \ \ 6\cdot03$	$-0\cdot1080$
„ 29.	$+25\cdot08$	$+3\ 37\cdot63$	$-1\ 27\ \ 11\cdot2$	$+\quad\ 8\cdot61$	$+19\ \ \ 4\cdot20$	$-0\cdot0852$
Dec. 19.	$+25\cdot20$	$+3\ 38\cdot25$	$-1\ 27\ \ 13\cdot5$	$+\quad\ 5\cdot20$	$+19\ \ \ 3\cdot20$	$-0\cdot0631$
1861 Jan. 8.	$+25\cdot31$	$+3\ 38\cdot87$	$-1\ 27\ \ 16\cdot2$	$+\quad\ 1\cdot93$	$+19\ \ \ 3\cdot02$	$-0\cdot0419$
„ 28.	$+25\cdot39$	$+3\ 39\cdot49$	$-1\ 27\ \ 19\cdot3$	$-\quad\ 1\cdot17$	$+19\ \ \ 3\cdot60$	$-0\cdot0220$
Febr. 17.	$+25\cdot46$	$+3\ 40\cdot07$	$-1\ 27\ \ 22\cdot3$	$-\quad\ 4\cdot07$	$+19\ \ \ 4\cdot94$	$-0\cdot0037$
März 9.	$+25\cdot51$	$+3\ 40\cdot59$	$-1\ 27\ \ 24\cdot7$	$-\quad\ 6\cdot76$	$+19\ \ \ 6\cdot98$	$+0\cdot0126$
„ 29.	$+25\cdot54$	$+3\ 41\cdot05$	$-1\ 27\ \ 26\cdot2$	$-\quad\ 9\cdot21$	$+19\ \ \ 9\cdot66$	$+0\cdot0266$
April 8.	$+25\cdot57$	$+3\ 41\cdot41$	$-1\ 27\ \ 26\cdot2$	$-\quad11\cdot42$	$+19\ \ 12\cdot91$	$+0\cdot0383$
Mai 8.	$+25\cdot58$	$+3\ 41\cdot66$	$-1\ 27\ \ 24\cdot1$	$-\quad13\cdot39$	$+19\ \ 16\cdot66$	$+0\cdot0471$
„ 28.	$+25\cdot58$	$+3\ 41\cdot79$	$-1\ 27\ \ 19\cdot5$	$-\quad15\cdot14$	$+19\ \ 20\cdot82$	$+0\cdot0528$
Juni 17.	$+25\cdot58$	$+3\ 41\cdot80$	$-1\ 27\ \ 11\cdot7$	$-\quad16\cdot68$	$+19\ \ 25\cdot29$	$+0\cdot0551$
Juli 7.	$+25\cdot58$	$+3\ 41\cdot67$	$-1\ 27\ \ \ 0\cdot1$	$-\quad18\cdot05$	$+19\ \ 29\cdot96$	$+0\cdot0537$
„ 27.	$+25\cdot58$	$+3\ 41\cdot42$	$-1\ 26\ \ 44\cdot3$	$-\quad19\cdot28$	$+19\ \ 34\cdot69$	$+0\cdot0484$
Aug. 16.	$+25\cdot59$	$+3\ 41\cdot03$	$-1\ 26\ \ 23\cdot6$	$-\quad20\cdot43$	$+19\ \ 39\cdot37$	$+0\cdot0389$
Sept. 5.	$+25\cdot61$	$+3\ 40\cdot52$	$-1\ 25\ \ 57\cdot7$	$-\quad21\cdot54$	$+19\ \ 43\cdot82$	$+0\cdot0250$
„ 25.	$+25\cdot65$	$+3\ 39\cdot89$	$-1\ 25\ \ 26\cdot1$	$-\quad22\cdot69$	$+19\ \ 47\cdot91$	$+0\cdot0066$
Oct. 15.	$+25\cdot69$	$+3\ 39\cdot17$	$-1\ 24\ \ 48\cdot3$	$-\quad23\cdot93$	$+19\ \ 51\cdot46$	$-0\cdot0167$
Nov. 4.	$+25\cdot76$	$+3\ 38\cdot36$	$-1\ 24\ \ \ 4\cdot1$	$-\quad25\cdot34$	$+19\ \ 54\cdot27$	$-0\cdot0450$
„ 24.	$+25\cdot84$	$+3\ 37\cdot50$	$-1\ 23\ \ 13\cdot2$	$-\quad27\cdot00$	$+19\ \ 56\cdot14$	$-0\cdot0784$
Dec. 14.	$+25\cdot94$	$+3\ 36\cdot61$	$-1\ 22\ \ 15\cdot2$	$-\quad28\cdot96$	$+19\ \ 56\cdot87$	$-0\cdot1171$
1862 Jan. 3.	$+26\cdot06$	$+3\ 35\cdot72$	$-1\ 21\ \ 10\cdot2$	$-\quad31\cdot32$	$+19\ \ 56\cdot22$	$-0\cdot1613$
„ 23.	$+26\cdot19$	$+3\ 34\cdot85$	$-1\ 19\ \ 58\cdot1$	$-\quad34\cdot15$	$+19\ \ 53\cdot94$	$-0\cdot2108$
Febr. 12.	$+26\cdot33$	$+3\ 34\cdot03$	$-1\ 18\ \ 38\cdot8$	$-\quad37\cdot51$	$+19\ \ 49\cdot77$	$-0\cdot2658$
März 4.	$+26\cdot48$	$+3\ 33\cdot30$	$-1\ 17\ \ 12\cdot6$	$-\quad41\cdot46$	$+19\ \ 43\cdot44$	$-0\cdot3261$
„ 24.	$+26\cdot62$	$+3\ 32\cdot69$	$-1\ 15\ \ 39\cdot6$	$-\quad46\cdot06$	$+19\ \ 34\cdot68$	$-0\cdot3916$
April 13.	$+26\cdot75$	$+3\ 32\cdot21$	$-1\ 14\ \ \ 0\cdot1$	$-\quad51\cdot33$	$+19\ \ 23\cdot18$	$-0\cdot4620$
Mai 3.	$+26\cdot86$	$+3\ 31\cdot89$	$-1\ 12\ \ 14\cdot4$	$-\quad57\cdot27$	$+19\ \ \ 8\cdot65$	$-0\cdot5370$
„ 23.	$+26\cdot93$	$+3\ 31\cdot72$	$-1\ 10\ \ 23\cdot1$	$-1'\ \ 3\cdot88$	$+18\ \ 50\cdot80$	$-0\cdot6160$
Juni 12.	$+26\cdot93$	$+3\ 31\cdot69$	$-1\ \ 8\ \ 26\cdot7$	$-1\ \ 11\cdot13$	$+18\ \ 29\cdot34$	$-0\cdot6982$
Juli 2.	$+26\cdot87$	$+3\ 31\cdot80$	$-1\ \ 6\ \ 26\cdot1$	$-1\ \ 18\cdot95$	$+18\ \ \ 4\cdot03$	$-0\cdot7827$
„ 22.	$+26\cdot70$	$+3\ 31\cdot98$	$-1\ \ 4\ \ 22\cdot0$	$-1\ \ 27\cdot21$	$+17\ \ 34\cdot64$	$-0\cdot8684$
Aug. 11.	$+26\cdot42$	$+3\ 32\cdot17$	$-1\ \ 2\ \ 15\cdot1$	$-1\ \ 35\cdot77$	$+17\ \ \ 1\cdot02$	$-0\cdot9537$
„ 31.	$+26\cdot00$	$+3\ 32\cdot28$	$-1\ \ 0\ \ \ 6\cdot1$	$-1\ \ 44\cdot43$	$+16\ \ 23\cdot07$	$-1\cdot0373$
Sept. 20.	$+25\cdot42$	$+3\ 32\cdot19$	$-\quad57\ \ 55\cdot4$	$-1\ \ 52\cdot90$	$+15\ \ 40\cdot81$	$-1\cdot1171$
Oct. 10.	$+24\cdot66$	$+3\ 31\cdot75$	$-\quad55\ \ 44\cdot1$	$-2\ \ \ 0\cdot96$	$+14\ \ 54\cdot38$	$-1\cdot1913$

Jupiter.

	Δi	$\Delta\Omega$	$\Delta\pi$	$\Delta\varphi$	ΔL	$\Delta\mu.$
1862 Oct. 30.	$+23"72$	$+3'30"81$	$-53'32"8$	$-2'\ 8"32$	$+14'\ 4"04$	$-1"2577$
Nov. 19.	$+22\cdot59$	$+3\ 29\cdot20$	$-51\ 22\cdot0$	$-2\ 14\cdot70$	$+13\ 10\cdot20$	$-1\cdot3143$
Dec. 9.	$+21\cdot28$	$+3\ 26\cdot76$	$-49\ 12\cdot0$	$-2\ 19\cdot82$	$+12\ 13\cdot42$	$-1\cdot3594$
„ 29.	$+19\cdot80$	$+3\ 23\cdot35$	$-47\ \ 2\cdot7$	$-2\ 23\cdot45$	$+11\ 14\cdot40$	$-1\cdot3912$
1863 Jan. 18.	$+18\cdot17$	$+3\ 18\cdot84$	$-44\ 54\cdot0$	$-2\ 25\cdot40$	$+10\ 13\cdot94$	$-1\cdot4086$
Febr. 7.	$+16\cdot44$	$+3\ 13\cdot17$	$-42\ 45\cdot6$	$-2\ 25\cdot53$	$+\ 9\ 12\cdot90$	$-1\cdot4111$
„ 27.	$+14\cdot63$	$+3\ \ 6\cdot32$	$-40\ 37\cdot4$	$-2\ 23\cdot88$	$+\ 8\ 12\cdot21$	$-1\cdot3984$
März 19.	$+12\cdot80$	$+2\ 58\cdot34$	$-38\ 29\cdot2$	$-2\ 20\cdot51$	$+\ 7\ 12\cdot75$	$-1\cdot3714$
April 8.	$+10\cdot98$	$+2\ 49\cdot33$	$-36\ 20\cdot8$	$-2\ 15\cdot61$	$+\ 6\ 15\cdot33$	$-1\cdot3307$
„ 28.	$+\ 9\cdot21$	$+2\ 39\cdot42$	$-34\ 12\cdot2$	$-2\ \ 9\cdot38$	$+\ 5\ 20\cdot69$	$-1\cdot2781$
Mai 18.	$+\ 7\cdot55$	$+2\ 28\cdot80$	$-32\ \ 3\cdot5$	$-2\ \ 2\cdot10$	$+\ 4\ 29\cdot38$	$-1\cdot2153$
Juni 7.	$+\ 6\cdot00$	$+2\ 17\cdot66$	$-29\ 54\cdot8$	$-1\ 54\cdot04$	$+\ 3\ 41\cdot85$	$-1\cdot1444$
„ 27.	$+\ 4\cdot60$	$+2\ \ 6\cdot22$	$-27\ 47\cdot2$	$-1\ 45\cdot43$	$+\ 2\ 58\cdot40$	$-1\cdot0672$
Juli 17.	$+\ 3\cdot37$	$+1\ 54\cdot68$	$-25\ 40\cdot8$	$-1\ 36\cdot62$	$+\ 2\ 19\cdot19$	$-0\cdot9858$
Aug. 6.	$+\ 2\cdot30$	$+1\ 43\cdot24$	$-23\ 36\cdot0$	$-1\ 27\cdot82$	$+\ 1\ 44\cdot25$	$-0\cdot9021$
„ 26.	$+\ 1\cdot39$	$+1\ 32\cdot07$	$-21\ 33\cdot7$	$-1\ 19\cdot27$	$+\ 1\ 13\cdot53$	$-0\cdot8175$
Sept. 15.	$+\ 0\cdot65$	$+1\ 21\cdot32$	$-19\ 34\cdot5$	$-1\ 11\cdot12$	$+\ \ \ 46\cdot89$	$-0\cdot7337$
Oct. 5.	$+\ 0\cdot07$	$+1\ 11\cdot10$	$-17\ 39\cdot2$	$-1\ \ 3\cdot49$	$+\ \ \ 24\cdot12$	$-0\cdot6518$
„ 25.	$-\ 0\cdot37$	$+1\ \ 1\cdot52$	$-15\ 48\cdot3$	$-\ \ 56\cdot47$	$+\ \ \ \ 5\cdot00$	$-0\cdot5726$
Nov. 14.	$-\ 0\cdot69$	$+\ \ 52\cdot63$	$-14\ \ 3\cdot0$	$-\ \ 50\cdot07$	$-\ \ \ 10\cdot74$	$-0\cdot4970$
Dec. 4.	$-\ 0\cdot89$	$+\ \ 44\cdot47$	$-12\ 23\cdot3$	$-\ \ 44\cdot36$	$-\ \ \ 23\cdot40$	$-0\cdot4257$
„ 24.	$-\ 1\cdot00$	$+\ \ 37\cdot09$	$-10\ 49\cdot5$	$-\ \ 39\cdot33$	$-\ \ \ 33\cdot26$	$-0\cdot3590$
1864 Jan. 13.	$-\ 1\cdot03$	$+\ \ 30\cdot47$	$-\ 9\ 22\cdot0$	$-\ \ 34\cdot97$	$-\ \ \ 40\cdot60$	$-0\cdot2973$
Febr. 2.	$-\ 0\cdot99$	$+\ \ 24\cdot61$	$-\ 8\ \ 1\cdot1$	$-\ \ 31\cdot22$	$-\ \ \ 45\cdot69$	$-0\cdot2407$
„ 22.	$-\ 0\cdot90$	$+\ \ 19\cdot49$	$-\ 6\ 47\cdot0$	$-\ \ 28\cdot03$	$-\ \ \ 48\cdot82$	$-0\cdot1893$
März 13.	$-\ 0\cdot78$	$+\ \ 15\cdot08$	$-\ 5\ 39\cdot7$	$-\ \ 25\cdot35$	$-\ \ \ 50\cdot23$	$-0\cdot1432$
April 2.	$-\ 0\cdot63$	$+\ \ 11\cdot35$	$-\ 4\ 39\cdot3$	$-\ \ 23\cdot08$	$-\ \ \ 50\cdot18$	$-0\cdot1024$
„ 22.	$-\ 0\cdot46$	$+\ \ \ 8\cdot23$	$-\ 3\ 45\cdot7$	$-\ \ 21\cdot17$	$-\ \ \ 48\cdot88$	$-0\cdot0668$
Mai 12.	$-\ 0\cdot30$	$+\ \ \ 5\cdot69$	$-\ 2\ 58\cdot6$	$-\ \ 19\cdot55$	$-\ \ \ 46\cdot57$	$-0\cdot0362$
Juni 1.	$-\ 0\cdot14$	$+\ \ \ 3\cdot68$	$-\ 2\ 18\cdot0$	$-\ \ 18\cdot14$	$-\ \ \ 43\cdot43$	$-0\cdot0107$
„ 21.	$+\ 0\cdot01$	$+\ \ \ 2\cdot13$	$-\ 1\ 43\cdot4$	$-\ \ 16\cdot88$	$-\ \ \ 39\cdot65$	$+0\cdot0101$
Juli 11.	$+\ 0\cdot14$	$+\ \ \ 0\cdot98$	$-\ 1\ 14\cdot7$	$-\ \ 15\cdot70$	$-\ \ \ 35\cdot40$	$+0\cdot0262$
„ 31.	$+\ 0\cdot25$	$+\ \ \ 0\cdot19$	$-\ \ \ 51\cdot3$	$-\ \ 14\cdot52$	$-\ \ \ 30\cdot90$	$+0\cdot0379$
Aug. 20.	$+\ 0\cdot33$	$-\ \ \ 0\cdot30$	$-\ \ \ 32\cdot9$	$-\ \ 13\cdot30$	$-\ \ \ 26\cdot24$	$+0\cdot0454$
Sept. 9.	$+\ 0\cdot38$	$-\ \ \ 0\cdot56$	$-\ \ \ 19\cdot0$	$-\ \ 11\cdot97$	$-\ \ \ 21\cdot58$	$+0\cdot0489$
„ 29.	$+\ 0\cdot39$	$-\ \ \ 0\cdot64$	$-\ \ \ \ 9\cdot0$	$-\ \ 10\cdot50$	$-\ \ \ 17\cdot04$	$+0\cdot0486$
Oct. 19.	$+\ 0\cdot38$	$-\ \ \ 0\cdot58$	$-\ \ \ \ 2\cdot5$	$-\ \ \ 8\cdot84$	$-\ \ \ 12\cdot75$	$+0\cdot0449$
Nov. 8.	$+\ 0\cdot33$	$-\ \ \ 0\cdot45$	$+\ \ \ \ 1\cdot1$	$-\ \ \ 6\cdot98$	$-\ \ \ \ 8\cdot81$	$+0\cdot0378$
„ 28.	$+\ 0\cdot25$	$-\ \ \ 0\cdot28$	$+\ \ \ \ 2\cdot4$	$-\ \ \ 4\cdot89$	$-\ \ \ \ 5\cdot32$	$+0\cdot0278$
Dec. 18.	$+\ 0\cdot14$	$-\ \ \ 0\cdot11$	$+\ \ \ \ 1\cdot8$	$-\ \ \ 2\cdot56$	$-\ \ \ \ 2\cdot36$	$+0\cdot0151$

Jupiter.

	Δi	$\Delta\Omega$	$\Delta\pi$	$\Delta\varphi$	ΔL	$\Delta\mu$
1865 Jan. 7.	0″00	0″00	0″0	0″00	0″00	0″0000
„ 27.	—0·16	+ 0·03	— 2·6	+ 2·79	+ 1·69	—0·0172
Febr. 16.	—0·35	— 0·05	— 5·5	+ 5·80	+ 2·65	—0·0363
März 8.	—0·55	— 0·28	— 8·4	+ 9·00	+ 2·85	—0·0568
28.	—0·77	— 0·66	—10·8	+ 12·36	+ 2·25	—0·0786
April 17.	—0·99	— 1·22	—12·6	+ 15·84	+ 0·83	—0·1012
Mai 7.	—1·22	— 1·98	—13·4	+ 19·42	— 1·44	—0·1244
„ 27.	—1·45	— 2·92	—13·3	+ 23·05	— 4·55	—0·1480
Juni 16.	—1·67	— 4·07	—12·1	+ 26·70	— 8·50	—0·1716
Juli 6.	—1·89	— 5·42	— 9·8	+ 30·33	— 13·28	—0·1950
„ 26.	—2·09	— 6·95	— 6·6	+ 33·92	— 18·88	—0·2179
Aug. 15.	—2·28	— 8·67	— 2·4	+ 37·43	— 25·28	—0·2402
Sept. 4.	—2·45	—10·56	+ 2·5	+ 40·84	— 32·44	—0·2616
„ 24.	—2·59	—12·59	+ 7·9	+ 44·13	— 40·32	—0·2819
Oct. 14.	—2·70	—14·77	+13·8	+ 47·31	— 48·90	—0·3011
Nov. 3.	—2·79	—17·06	+19·8	+ 50·35	— 58·12	—0·3189
„ 23.	—2·85	—19·44	+25·8	+ 53·26	—1' 7·95	—0·3353
Dec. 13.	—2·88	—21·90	+31·5	+ 56·04	—1 18·33	—0·3502
1866 Jan. 2.	—2·87	—24·40	+36·8	+ 58·71	—1 29·20	—0·3635
22.	—2·83	—26·93	+41·6	+1' 1·28	—1 40·53	—0·3753
Febr. 11.	—2·76	—29·46	+45·8	+1 3·77	—1 52·26	—0·3853
März 3.	—2·65	—31·97	+49·1	+1 6·18	—2 4·33	—0·3937
„ 23.	—2·52	—34·44	+51·6	+1 8·55	—2 16·69	—0·4004
April 12.	—2·35	—36·85	+53·3	+1 10·89	—2 29·28	—0·4055
Mai 2.	—2·15	—39·18	+54·1	+1 13·23	—2 42·07	—0·4089
„ 22.	—1·93	—41·41	+54·0	+1 15·57	—2 54·98	—0·4107
Juni 11.	—1·68	—43·52	+53·1	+1 17·96	—2 7·98	—0·4109
Juli 1.	—1·41	—45·51	+51·4	+1 20·40	—3 21·01	—0·4095
„ 21.	—1·12	—47·35	+49·1	+1 22·90	—3 34·03	—0·4066
Aug. 10.	—0·81	—49·04	+46·2	+1 25·50	—3 46·98	—0·4022
„ 30.	—0·48	—50·58	+42·9	+1 28·19	—3 59·82	—0·3964
Sept. 19.	—0·14	—51·94	+39·2	+1 31·00	—4 12·51	—0·3893
Oct. 9.	+0·21	—53·14	+35·4	+1 33·92	—4 25·00	—0·3807
„ 29.	+0·56	—54·16	+31·5	+1 36·98	—4 37·26	—0·3709
Nov. 18.	+0·92	—55·01	+27·8	+1 40·16	—4 49·24	—0·3598
Dec. 8.	+1·29	—55·69	+24·3	+1 43·48	—5 0·91	—0·3475
„ 28.	+1·65	—56·20	+21·3	+1 46·94	—5 12·22	—0·3340
1867 Jan. 17.	+2·00	—56·54	+18·8	+1 50·54	—5 23·14	—0·3195
Febr. 6.	+2·35	—56·73	+17·0	+1 54·26	—5 33·64	—0·3039
26.	+2·70	—56·76	+16·1	+1 58·12	—5 43·68	—0·2872

Jupiter.

	Δi	$\Delta \Omega$	$\Delta \pi$	$\Delta \varphi$	ΔL	$\Delta \mu$
1867 März 18.	$+3\overset{"}{\cdot}03$	$-56\overset{"}{\cdot}66$	$+\quad 16\overset{"}{\cdot}1$	$+2'\ 2\overset{"}{\cdot}10$	$-5'53\overset{"}{\cdot}23$	$-0\overset{"}{\cdot}2696$
April 7.	$+3\cdot35$	$-56\cdot43$	$+\quad 17\cdot3$	$+2\ \ 6\cdot19$	$-6\ \ 2\cdot26$	$-0\cdot2511$
„ 27.	$+3\cdot65$	$-56\cdot07$	$+\quad 19\cdot7$	$+2\ 10\cdot38$	$-6\ 10\cdot75$	$-0\cdot2317$
Mai 17.	$+3\cdot94$	$-55\cdot62$	$+\quad 23\cdot4$	$+2\ 14\cdot66$	$-6\ 18\cdot65$	$-0\cdot2114$
Juni 6.	$+4\cdot21$	$-55\cdot07$	$+\quad 28\cdot6$	$+2\ 19\cdot03$	$-6\ 25\cdot96$	$-0\cdot1904$
„ 26.	$+4\cdot47$	$-54\cdot44$	$+\quad 35\cdot3$	$+2\ 23\cdot46$	$-6\ 32\cdot63$	$-0\cdot1687$
Juli 16.	$+4\cdot70$	$-53\cdot74$	$+\quad 43\cdot5$	$+2\ 27\cdot93$	$-6\ 38\cdot65$	$-0\cdot1462$
Aug. 5.	$+4\cdot91$	$-53\cdot00$	$+\quad 53\cdot4$	$+2\ 32\cdot45$	$-6\ 43\cdot99$	$-0\cdot1232$
„ 25.	$+5\cdot11$	$-52\cdot23$	$+\ 1'\ 5\cdot0$	$+2\ 36\cdot98$	$-6\ 48\cdot64$	$-0\cdot0995$
Sept. 14.	$+5\cdot28$	$-51\cdot43$	$+\ 1\ 18\cdot3$	$+2\ 41\cdot52$	$-6\ 52\cdot56$	$-0\cdot0753$
Oct. 4.	$+5\cdot44$	$-50\cdot63$	$+\ 1\ 33\cdot3$	$+2\ 46\cdot03$	$-6\ 55\cdot75$	$-0\cdot0507$
„ 24.	$+5\cdot57$	$-49\cdot84$	$+\ 1\ 49\cdot9$	$+2\ 50\cdot52$	$-6\ 58\cdot18$	$-0\cdot0256$
Nov. 13.	$+5\cdot69$	$-49\cdot08$	$+\ 2\ \ 8\cdot3$	$+2\ 54\cdot94$	$-6\ 59\cdot84$	$-0\cdot0002$
Dec. 3.	$+5\cdot78$	$-48\cdot34$	$+\ 2\ 28\cdot3$	$+2\ 59\cdot30$	$-7\ \ 0\cdot72$	$+0\cdot0255$
„ 23.	$+5\cdot86$	$-47\cdot66$	$+\ 2\ 49\cdot8$	$+3\ \ 3\cdot57$	$-7\ \ 0\cdot80$	$+0\cdot0514$
1868 Jan. 12.	$+5\cdot93$	$-47\cdot03$	$+\ 3\ 12\cdot8$	$+3\ \ 7\cdot73$	$-7\ \ 0\cdot06$	$+0\cdot0774$
Febr. 1.	$+5\cdot98$	$-46\cdot46$	$+\ 3\ 37\cdot1$	$+3\ 11\cdot77$	$-6\ 58\cdot52$	$+0\cdot1035$
„ 21.	$+6\cdot01$	$-45\cdot97$	$+\ 4\ \ 2\cdot7$	$+3\ 15\cdot67$	$-6\ 56\cdot15$	$+0\cdot1295$
März 12.	$+6\cdot04$	$-45\cdot56$	$+\ 4\ 29\cdot3$	$+3\ 19\cdot41$	$-6\ 52\cdot96$	$+0\cdot1553$
April 1.	$+6\cdot06$	$-45\cdot22$	$+\ 4\ 56\cdot8$	$+3\ 22\cdot99$	$-6\ 48\cdot94$	$+0\cdot1808$
„ 21.	$+6\cdot07$	$-44\cdot98$	$+\ 5\ 25\cdot0$	$+3\ 26\cdot40$	$-6\ 44\cdot10$	$+0\cdot2060$
Mai 11.	$+6\cdot07$	$-44\cdot81$	$+\ 5\ 53\cdot6$	$+3\ 29\cdot62$	$-6\ 38\cdot45$	$+0\cdot2306$
„ 31.	$+6\cdot08$	$-44\cdot73$	$+\ 6\ 22\cdot4$	$+3\ 32\cdot65$	$-6\ 32\cdot00$	$+0\cdot2545$
Juni 20.	$+6\cdot08$	$-44\cdot73$	$+\ 6\ 51\cdot1$	$+3\ 35\cdot49$	$-6\ 24\cdot76$	$+0\cdot2775$
Juli 10.	$+6\cdot08$	$-44\cdot79$	$+\ 7\ 19\cdot4$	$+3\ 38\cdot14$	$-6\ 16\cdot76$	$+0\cdot2996$
„ 30.	$+6\cdot08$	$-44\cdot91$	$+\ 7\ 47\cdot1$	$+3\ 40\cdot61$	$-6\ \ 8\cdot01$	$+0\cdot3203$
Aug. 19.	$+6\cdot08$	$-45\cdot09$	$+\ 8\ 13\cdot6$	$+3\ 42\cdot92$	$-5\ 58\cdot56$	$+0\cdot3396$
Sept. 8.	$+6\cdot09$	$-45\cdot30$	$+\ 8\ 38\cdot8$	$+3\ 45\cdot08$	$-5\ 48\cdot45$	$+0\cdot3573$
„ 28.	$+6\cdot10$	$-45\cdot53$	$+\ 9\ \ 2\cdot3$	$+3\ 47\cdot11$	$-5\ 37\cdot72$	$+0\cdot3730$
Oct. 18.	$+6\cdot11$	$-45\cdot76$	$+\ 9\ 23\cdot6$	$+3\ 49\cdot05$	$-5\ 26\cdot44$	$+0\cdot3865$
Nov. 7.	$+6\cdot13$	$-45\cdot99$	$+\ 9\ 42\cdot4$	$+3\ 50\cdot95$	$-5\ 14\cdot66$	$+0\cdot3973$
„ 27.	$+6\cdot14$	$-46\cdot18$	$+\ 9\ 58\cdot3$	$+3\ 52\cdot85$	$-5\ \ 2\cdot48$	$+0\cdot4052$
Dec. 17.	$+6\cdot16$	$-46\cdot32$	$+10\ 11\cdot0$	$+3\ 54\cdot81$	$-4\ 49\cdot99$	$+0\cdot4098$
1869 Jan. 6.	$+6\cdot17$	$-46\cdot40$	$+10\ 20\cdot1$	$+3\ 56\cdot90$	$-4\ 37\cdot29$	$+0\cdot4107$
„ 26.	$+6\cdot17$	$-46\cdot40$	$+10\ 25\cdot4$	$+3\ 59\cdot20$	$-4\ 24\cdot52$	$+0\cdot4075$
Febr. 15.	$+6\cdot15$	$-46\cdot31$	$+10\ 26\cdot6$	$+4\ \ 1\cdot80$	$-4\ 11\cdot81$	$+0\cdot3997$
März 7.	$+6\cdot12$	$-46\cdot12$	$+10\ 23\cdot5$	$+4\ \ 4\cdot79$	$-3\ 59\cdot33$	$+0\cdot3867$
„ 27.	$+6\cdot05$	$-45\cdot84$	$+10\ 16\cdot1$	$+4\ \ 8\cdot29$	$-3\ 47\cdot28$	$+0\cdot3683$
April 16.	$+5\cdot94$	$-45\cdot48$	$+10\ \ 4\cdot3$	$+4\ 12\cdot39$	$-3\ 35\cdot86$	$+0\cdot3437$
Mai 6.	$+5\cdot77$	$-45\cdot06$	$+\ 9\ 48\cdot3$	$+4\ 17\cdot22$	$-3\ 25\cdot32$	$+0\cdot3126$

Jupiter.

	Δi	ΔΩ	Δπ	Δφ	ΔL	Δμ
1869 Mai 26.	+ 5″54	— 44″62	+ 9′28″3	+4′22″88	— 3′15″94	+0″2746
Juni 15.	+ 5·23	— 44·24	+ 9 4·6	+4 29·48	— 3 8·01	+0·2291
Juli 5.	+ 4·83	— 44·00	+ 8 37·6	+4 37·11	— 3 1·87	+0·1761
„ 25.	+ 4·31	— 44·02	+ 8 7·9	+4 45·83	— 2 57·89	+0·1155
Aug. 14.	+ 3·67	— 44·47	+ 7 36·2	+4 55·65	— 2 56·46	+0·0476
Sept. 3.	+ 2·88	— 45·53	+ 7 2·9	+5 6·56	— 2 57·97	— 0·0271
„ 23.	+ 1·95	— 47·45	+ 6 28·7	+5 18·47	— 3 2·83	—0·1076
Oct. 13.	+ 0·85	— 50·50	+ 5 53·8	+5 31·21	— 3 11·40	—0·1922
Nov. 2.	— 0·39	— 54 98	+ 5 18·0	+5 44·53	— 3 23·99	—9·2788
22.	— 1·77	—1′ 1·18	+ 4 40·9	+5 58·10	— 3 40·79	—0·3644
Dec. 12.	— 3·26	—1 9·39	+ 4 1·6	+6 11·51	— 4 1·84	—0·4457
1870 Jan. 1.	— 4·82	—1 19·81	+ 3 18·6	+6 24·33	— 4 26·96	—0·5192
„ 21.	— 6·38	—1 32·55	+ 2 29·6	+6 36·11	— 4 55·74	—0·5795
Febr. 10.	— 7·88	—1 47·55	+ 1 32·8	+6 46·49	— 5 27·49	—0·6247
März 2.	— 9·25	—2 4·59	+ 0 26·1	+6 55·17	— 6 1·31	—0·6514
„ 22.	—10·44	—2 23·26	— 0 52·0	+7 2·06	— 6 36·12	—0·6581
April 11.	—11·38	—2 43·07	— 2 21·9	+7 7·19	— 7 10·78	—0·6449
Mai 1.	12·04	—3 3·40	— 4 3·3	+7 10·73	— 7 44·18	—0·6127
„ 21.	—12·42	—3 23·67	— 5 54·7	+7 12·99	— 8 15·36	—0·5642
Juni 10.	—12·52	—3 43·34	— 7 54·1	+7 14·27	— 8 43·56	—0·5025
„ 30.	—12·38	—4 1·98	— 9 58·9	+7 14·92	— 9 8·25	—0·4308
Juli 20.	—12·02	—4 19·25	—12 6·1	+7 15·26	— 9 29·11	—0·3531
Aug. 9.	—11·49	—4 34·96	—14 13·3	+7 15·49	— 9 46·04	—0·2719
„ 29.	—10·83	—4 49·00	—16 18 1	+7 15·77	— 9 59·08	—0·1900
Sept. 18.	—10·07	—5 1·35	—18 18·7	+7 16·21	—10 8·37	—0·1093
Oct. 8.	— 9·26	—5 12·08	—20 13·6	+7 16·87	—10 14·17	—0·0315
„ 28.	— 8·43	—5 21·28	—22 1·7	+7 17·79	—10 16·73	+0·0423
Nov. 17.	— 7·59	—5 29·05	—23 42·5	+7 18·92	—10 16·36	+0·1115
Dec. 7.	— 6·78	—5 35·55	—25 15·7	+7 20·22	—10 13·36	+0·1755
27.	— 6·00	—5 40·91	—26 41·1	+7 21·65	—10 8·02	+0·2343
1871 Jan. 16.	— 5·26	—5 45·27	—27 58·8	+7 23·15	—10 0·63	+0·2877
Febr. 5.	— 4·59	—5 48·75	—29 9·1	+7 24·68	— 9 51·44	+0·3357
„ 25.	— 3·97	—5 51·48	—30 12·5	+7 26·19	— 9 40·69	+0·3786
März 17.	— 3·41	—5 53·58	—31 9·3	+7 27·62	— 9 28·61	+0·4165
April 6.	— 2·92	—5 55·15	—32 0·1	+7 28·93	— 9 15·41	+0·4498
„ 26.	— 2·50	—5 56·29	—32 45·4	+7 30·09	— 9 1·26	+0·4786
Mai 16.	— 2·13	—5 57·07	—33 25·8	+7 31·07	— 8 46·34	+0·5032
Juni 5.	— 1·83	—5 57·58	—34 1·6	+7 31·84	— 8 30·80	+0·5239
„ 25.	— 1·59	—5 57·89	—34 33·6	+7 32·39	— 8 14·77	+0·5409
Juli 15.	— 1·40	—5 58·04	—35 2·1	+7 32·71	— 7 58·39	+0·5544

Jupiter.

	Δi	$\Delta\Omega$	$\Delta\pi$	$\Delta\varphi$	ΔL	$\Delta\mu.$
1871 Aug. 4.	—1″25	—5′58″09	—35′27″7	+7′32″78	—7′41″77	+0″5648
„ 24.	—1·16	—5 58·09	—35 50·8	+7 32·60	—7 25·00	+0·5721
Sept. 13.	—1·11	—5 58·06	—36 11·8	+7 32·18	—7 8·18	+0·5767
Oct. 3.	—1·10	—5 58·05	—36 31·2	+7 31·52	—6 51·41	+0·5787
23.	—1·12	—5 58·08	—36 49·3	+7 30·62	—6 34·75	+0·5783
Nov. 12.	—1·16	—5 58·17	—37 6·4	+7 29·50	—6 18·28	+0·5757
Dec. 2.	—1·24	—5 58 33	—37 22·9	+7 28 16	—6 2·06	+0·5710
„ 22.	—1·33	—5 58·59	—37 39·0	+7 26·62	—5 46·15	+0·5644
1872 Jan. 11.	—1·45	—5 58·94	—37 55·0	+7 24·89	—5 30·61	+0·5561
31.	—1·57	—5 59·40	—38 11·1	+7 23·00	—5 15·48	+0·5461
Febr. 20.	—1·71	—5 59·97	—38 27·5	+7 20·96	—5 0·80	+0·5346
März 11.	—1·85	—6 0·65	—38 44·4	+7 18·79	—4 46·62	+0·5218
„ 31.	—1·99	—6 1·43	—39 2·0	+7 16·52	—4 32·97	+0·5076
April 20.	—2·13	—6 2·32	—39 20·4	+7 14·15	—4 19·88	+0·4924
Mai 10.	—2·27	—6 3·30	—39 39·6	+7 11·72	—4 7·38	+0·4760
„ 30.	—2·41	—6 4·38	—39 59·7	+7 9·25	—3 55·51	+0·4588
Juni 19.	—2·54	—6 5·54	—40 20·9	+7 6·75	—3 44·28	+0·4406
Juli 9.	—2·66	—6 6·77	—40 43·1	+7 4·24	—3 33·71	+0·4217
„ 29.	—2·77	—6 8·06	—41 6·4	+7 1·76	—3 23·81	+0·4022
Aug. 18.	—2·86	—6 9·40	—41 30·7	+6 59·31	—3 14·61	+0·3821
Sept. 7.	—2·95	—6 10·78	—41 56·0	+6 56·92	—3 6·12	+0·3615
„ 27.	—3·01	—6 12·18	—42 22·2	+6 54·61	—2 58·34	+0·3405
Oct. 17.	—3·07	—6 13·60	—42 49·2	+6 52·38	—2 51·27	+0·3192
Nov. 6.	—3·11	—6 15·01	—43 17·1	+6 50·26	—2 44·93	+0·2978
26.	—3·13	—6 16·42	—43 45·6	+6 48·26	—2 39·31	+0·2762
Dec. 16.	—3·14	—6 17·80	—44 14·7	+6 46·40	—2 34·40	+0·2547
1873 Jan. 5.	—3·14	—6 19·14	—44 44·2	+6 44·68	—2 30·21	+0·2333
„ 25.	—3·12	—6 20·44	—45 13·9	+6 43·10	—2 26·72	+0·2121
Febr. 14.	—3·08	—6 21·68	—45 43·7	+6 41·68	—2 23·92	+0·1912
März 6.	—3·04	—6 22·86	—46 13·5	+6 40·41	—2 21·80	+0 1707
„ 26.	—2·99	—6 23·96	—46 43·0	+6 39·29	—2 20·33	+0·1508
April 15.	—2·92	—6 24·99	—47 12·1	+6 38·32	—2 19·49	+0·1315
Mai 5.	—2·85	—6 25·93	—47 40·5	+6 37·49	—2 19·26	+0·1130
„ 25.	—2·77	—6 26·78	—48 8·2	+6 36·78	—2 19·61	+0·0954
Juni 14.	—2·69	—6 27·54	—48 35·0	+6 36·19	—2 20·51	+0·0789
Juli 4.	—2·60	—6 28·20	—49 0·8	+6 35·69	—2 21·91	+0·0635
„ 24.	—2·52	—6 28·77	—49 25·4	+6 35·27	—2 23·77	+0·0493
Aug. 13.	—2·43	—6 29·25	—49 48·8	+6 34·89	—2 26·06	+0·0366
Sept. 2.	—2·34	—6 29·64	—50 10·9	+6 34·55	—2 28·73	+0·0253
22.	—2·26	—6 29·95	—50 31·6	+6 34·19	—2 31·71	+0·0157

Jupiter.

	Δi	$\Delta\Omega$	$\Delta\pi$	$\Delta\varphi$	ΔL	$\Delta\mu$
1873 Oct. 12.	$-2''18$	$-6'30''18$	$-50'51''1$	$+6'33''81$	$-2'34''97$	$+0''0077$
Nov. 1.	$-2\cdot11$	$-6\ 30\cdot35$	$-51\ \ 9\cdot3$	$+6\ 33\cdot37$	$-2\ 38\cdot43$	$+0\cdot0015$
„ 21.	$-2\cdot05$	$-6\ 30\cdot45$	$-51\ 26\cdot4$	$+6\ 3\imath\cdot85$	$-2\ 42\cdot04$	$-0\cdot0027$
Dec. 11.	$-1\cdot99$	$-6\ 30\cdot51$	$-51\ 42\cdot4$	$+6\ 32\cdot22$	$-2\ 45\cdot75$	$-0\cdot0050$
31.	$-1\cdot94$	$-6\ 30\cdot52$	$-51\ 57\cdot7$	$+6\ 31\cdot47$	$-2\ 49\cdot47$	$-0\cdot0053$
1874 Jan. 20.	$-1\cdot90$	$-6\ 30\cdot51$	$-52\ 12\cdot2$	$+6\ 30\cdot56$	$-2\ 53\cdot15$	$-0\cdot0036$

Tafel der speciellen Störungen des Planeten

(59) „**E l p i s**“

durch

Saturn.

Für den Zeitraum 1860 Aug. 21. — 1874 Jan. 20.

Vor 1865,0 liegt das mittlere Äquinoctium 1860,0 zu Grunde.
Nach   1870,0

$$\hbar = \frac{1}{3501,6}.$$

Saturn.

	Δi	$\Delta\Omega$	$\Delta\pi$	$\Delta\varphi$	ΔL	$\Delta\mu$
1860 Aug. 21.	—0″48	+0″21	—1′53″93	—5″54	+13″92	—0″0042
Sept. 10.	—0·47	+0·22	—1 54·35	—5·74	+13·65	—0·0031
„ 30.	—0·46	+0·24	—1 54·78	—5·95	+13·43	—0·0018
Oct. 20.	—0·44	+0·27	—1 55·23	—6·17	+13·26	—0·0004
Nov. 9.	—0·43	+0·30	—1 55·71	—6·39	+13·16	+0·0010
„ 29.	—0·42	+0·33	—1 56·23	—6·62	+13·10	+0·0025
Dec. 19.	—0·41	+0·37	—1 56·78	—6·85	+13·12	+0·0040
1861 Jan. 8.	—0·41	+0·41	—1 57·35	—7·07	+13·20	+0·0055
„ 28.	—0·40	+0·44	—1 57·93	—7·29	+13·32	+0·0070
Febr. 17.	—0·40	+0·48	—1 58·51	—7·49	+13·51	+0·0084
März 9.	—0·39	+0·52	—1 59·04	—7·68	+13·77	+0·0097
„ 29.	—0·39	+0·55	—1 59·49	—7·86	+14·07	+0·0108
April 18.	—0·39	+0·57	—1 59·83	—8·02	+14·43	+0·0118
Mai 8.	—0·39	+0·59	—2 0·03	—8·16	+14·82	+0·0125
28.	—0·39	+0·61	—2 0·02	—8·28	+15·25	+0·0131
Juni 17.	—0·39	+0·61	—1 59·79	—8·38	+15·71	+0·0134
Juli 7.	—0·39	+0·61	—1 59·29	—8·47	+16·17	+0·0134
„ 27.	—0·39	+0·60	—1 58·49	—8·54	+16·64	+0·0132
Aug. 16.	—0·39	+0·58	—1 57·36	—8·60	+17·11	+0·0127
Sept. 5.	—0·39	+0·55	—1 55·86	—8·66	+17·56	+0·0119
„ 25.	—0·38	+0·51	—1 54·00	—8·71	+17·97	+0·0107
Oct. 15.	—0·38	+0·47	—1 51·77	—8·75	+18·34	+0·0093
Nov. 4.	—0·38	+0·42	—1 49·17	—8·80	+18·64	+0·0076
„ 24.	—0·37	+0·36	—1 46·21	—8·86	+18·87	+0·0057
Dec. 14.	—0·36	+0·29	—1 42·90	—8·92	+19·02	+0·0034
1862 Jan. 3.	—0·35	+0·22	—1 39·28	—9·00	+19·07	+0·0010
„ 23.	—0·34	+0·15	—1 35·39	—9·08	+19·01	—0·0016
Febr. 12.	—0·33	+0·08	—1 31·26	—9·17	+18·81	—0·0044
März 4.	—0·32	+0·01	—1 26·95	—9·28	+18·50	—0·0073
24.	—0·30	—0·06	—1 22·51	—9·39	+18·05	—0·0103
April 13.	—0·28	—0·13	—1 17·99	—9·50	+17·45	—0·0132
Mai 3.	—0·26	—0·19	—1 13·44	—9·61	+16·71	—0·0161
„ 23.	—0·24	—0·24	—1 8·92	—9·72	+15·84	—0·0188
Juni 12.	—0·22	—0·29	—1 4·48	—9·81	+14·83	—0·0213
Juli 2.	—0·20	—0·32	—1 0·15	—9·88	+13·69	—0·0237
„ 22.	—0·18	—0·35	— 55·97	—9·92	+12·45	—0·0257
Aug. 11.	—0·15	—0·37	— 51·96	—9·93	+11·11	—0·0273
„ 31.	—0·13	—0·37	— 48·14	—9·90	+ 9·69	—0·0286
Sept. 20.	—0·11	—0·37	— 44·49	—9·82	+ 8·22	—0·0294
Oct. 10.	—0·09	—0·36	— 41·02	—9·70	+ 6·71	—0·0298

Saturn.

	Δi	$\Delta \Omega$	$\Delta \pi$	$\Delta \varphi$	ΔL	$\Delta \mu$
1862 Oct. 30.	—0″07	—0″34	—37″71	—9″52	+5″20	—0″0293
Nov. 19.	—0·05	—0·31	—34·55	—9·30	+3·69	—0·0298
Dec. 9.	—0·04	—0·28	—31·51	—9·02	+2·22	—0·0284
„ 29.	—0·02	—0·25	—28·55	—8·70	+0·83	—0·0271
1863 Jan. 18.	—0·01	—0·22	—25·66	—8·34	—0·50	—0·0254
Feb. 7.	0·00	—0·19	—22·82	—7·95	—1·73	—0·0234
„ 27.	+0·01	—0·16	—20·01	—7·52	—2·85	—0·0211
März 19.	+0·01	—0·13	—17·22	—7·08	—3·85	—0·0187
April 8.	+0·02	—0·10	—14·43	—6·63	—4·71	—0·0161
28.	+0·02	—0·08	—11·65	—6·17	—5·45	—0·0133
Mai 18.	+0·03	—0·07	— 8·88	—5·72	—6·06	—0·0105
Juni 7.	+0·03	—0·05	— 6·15	—5·27	—6·52	—0·0078
„ 27.	+0·03	—0·05	— 3·49	—4·85	—6·86	—0·0050
Juli 17.	+0·03	—0·04	— 0·89	—4·44	—7·08	—0·0024
Aug. 6.	+0·03	—0·04	+ 1·62	—4·06	—7·18	+0·0002
„ 26.	+0·03	—0·05	+ 4·00	—3·70	—7·17	+0·0025
Sept. 15.	+0·03	—0·05	+ 6·25	—3·37	—7·06	+0·0047
Oct. 5.	+0·03	—0·06	+ 8·32	—3·08	—6·86	+0·0067
„ 25.	+0·03	—0·07	+10·20	—2·81	—6·59	+0·0085
Nov. 14.	+0·03	—0·08	+11·85	—2·57	—6·25	+0·0101
Dec. 4.	+0·03	—0·09	+13·28	—2·36	—5·85	+0·0114
„ 24.	+0·03	—0·10	+14·45	—2·17	—5·42	+0·0125
1864 Jan. 13.	+0·03	—0·10	+15·38	—2·01	—4·94	+0·0133
Febr. 2.	+0·03	—0·11	+16·04	—1·87	—4·46	+0·0139
22.	+0·03	—0·12	+16·42	—1·74	—3·96	+0·0143
März 13.	+0·03	—0·12	+16·57	—1·63	—3·45	+0·0144
April 2.	+0·03	—0·12	+16·46	—1·53	—2·96	+0·0143
„ 22.	+0·03	—0·12	+16·10	—1·44	—2·48	+0·0140
Mai 12.	+0·03	—0·11	+15·52	—1·34	—2·02	+0·0136
Juni 1.	+0·03	—0·11	+14·74	—1·25	—1·59	+0·0129
„ 21.	+0·03	—0·10	+13·78	—1·16	—1·21	+0·0121
Juli 11.	+0·03	—0·09	+12·65	—1·07	—0·85	+0·0112
„ 31.	+0·02	—0·08	+11·40	—0·97	—0·55	+0·0101
Aug. 20.	+0·02	—0·07	+10·05	—0·86	—0·29	+0·0089
Sept. 9.	+0·02	—0·05	+ 8·63	—0·75	—0·09	+0·0077
„ 29.	+0·02	—0·04	+ 7·16	—0·63	+0·05	+0·0064
Oct. 19.	+0·01	—0·03	+ 5·68	—0·51	+0·15	+0·0051
Nov. 8.	+0·01	—0·02	+ 4·20	—0·38	+0·19	+0·0037
„ 28.	+0·01	—0·01	+ 2·76	—0·25	+0·18	+0·0024
Dec. 18.	0·00	0·00	+ 1·35	—0·12	+0·12	+0·0012

Saturn.

	Δi	$\Delta \Omega$	$\Delta \pi$	$\Delta \varphi$	ΔL	$\Delta \mu$
1865 Jan.　7.	0˙00	0˙00	0˙00	0˙00	0˙00	0˙0000
„　27.	—0·01	0·00	— 1·28	+0·12	—0·16	—0·0011
Febr. 16.	—0·01	0·00	— 2·50	+0·23	—0·36	—0·0021
März　8.	—0·02	—0·01	— 3·65	+0·33	—0·59	—0·0029
„　28.	—0·02	—0·02	— 4·75	+0·43	—0·85	—0·0037
April 17.	—0·03	—0·04	— 5·81	+0·50	—1·14	—0·0042
Mai　7.	—0·04	—0·06	— 6·84	+0·56	—1·45	—0·0046
„　27.	—0·04	—0·08	— 7·86	+0·60	—1·77	—0·0049
Juni 16.	—0·05	—0·11	— 8·89	+0·63	—2·10	—0·0049
Juli　6.	—0·05	—0·15	— 9·95	+0·64	— 2·42	—0·0048
„　26.	—0·06	—0·19	—11·06	+0·63	—2·74	—0·0045
Aug. 15.	—0·06	—0·23	—12·23	+0·61	—3·04	—0·0041
Sept.　4.	—0·07	—0·28	—13·47	+0·57	—3·32	—0·0035
„　24.	—0·07	—0·33	—14·80	+0·53	—3·58	—0·0028
Oct. 14.	—0·07	—0·39	—16·21	+0·48	—3·81	—0·0019
Nov.　3.	—0·08	—0·44	—17·70	+0·42	—4·00	—0·0009
„　23.	—0·08	—0·50	—19·27	+0·36	—4·15	+0·0002
Dec. 13.	—0·08	—0·55	—20·91	+0·29	—4·25	+0·0013
1866 Jan.　2.	—0·08	—0·61	—22·60	+0·23	—4·31	+0·0025
22.	—0·08	—0·67	—24·33	+0·17	—4·32	+0·0038
Febr. 11.	—0·08	—0·72	—26·07	+0·12	—4·28	+0·0050
März　3.	—0·07	—0·77	—27·80	+0·06	—4·19	+0·0063
„　23.	—0·07	—0·82	—29·51	+0·01	—4·04	+0·0075
April 12.	—0·07	—0·87	—31·17	—0·03	—3·85	+0·0087
Mai　2.	—0·07	—0·91	—32·75	—0·07	—3·61	+0·0098
„　22.	—0·06	—0·94	—34·24	—0·11	—3·31	+0·0109
Juni 11.	—0·06	—0·97	—35·60	—0·15	—2·98	+0·0118
Juli　1.	—0·05	—1·00	—36·81	—0·19	—2·60	+0·0127
„　21.	—0·05	—1·02	—37·93	—0·24	—2·19	+0·0134
Aug. 10.	—0·05	—1·03	—38·86	—0·29	—1·75	+0·0139
„　30.	—0·05	—1·04	—39·62	—0·35	—1·28	+0·0143
Sept. 19.	—0·05	—1·04	—40·20	—0·43	—0·79	+0·0146
Oct.　9.	—0·05	—1·04	—40·61	—0·51	—0·29	+0·0146
„　29.	—0·05	—1·03	—40·84	—0·62	+0·21	+0·0145
Nov. 18.	—0·05	—1·03	—40·90	—0·75	+0·72	+0·0141
Dec.　8.	—0·06	—1·02	—40·79	—0·91	+1·21	+0·0136
„　28.	—0·06	—1·01	—40·53	—1·08	+1·68	+0·0129
1867 Jan. 17.	—0·07	—1·00	—40·13	—1·28	+2·12	+0·0119
Febr.　6.	—0·09	—0·99	—39·62	—1·51	+2·53	+0·0108
„　26.	—0·10	—0·99	—38·99	—1·78	+2·89	+0·0095

Saturn.

	Δi	$\Delta\Omega$	$\Delta\pi$	$\Delta\varphi$	ΔL	$\Delta\mu$
1867 März 18.	—0˙12	—0″99	—38″27	— 2″06	+ 3˙19	+0˙0080
April 7.	—0·14	—1·01	—37·48	— 2·38	+ 3·43	+0·0063
„ 27.	—0·16	—1·04	—36·64	— 2·73	+ 3·59	+0·0044
Mai 17.	—0·19	—1·08	—35·77	— 3·10	+ 3·66	+0·0024
Juni 6.	—0·22	—1·14	—34·89	— 3·51	+ 3·65	+0·0002
„ 26.	—0·25	—1·22	—34·01	— 3·93	+ 3·54	—0·0020
Juli 16.	—0·29	—1·33	—33·14	— 4·37	+ 3·32	—0·0043
Aug. 5.	—0·33	—1·46	—32·28	— 4·82	+ 3·00	—0·0066
„ 25.	—0·37	—1·62	—31·43	— 5·28	+ 2·57	—0·0090
Sept. 14.	—0·41	—1·81	—30·59	— 5·75	+ 2·02	—0·0112
Oct. 4.	— 0·45	2·04	—29·75	— 6·21	+ 1·37	—0·0134
„ 24.	—0·50	—2·29	—28·88	— 6·65	+ 0·62	—0·0155
Nov. 13.	—0·54	—2·58	—27·97	— 7·09	0·24	—0·0174
Dec. 3.	—0·58	—2·90	—26·98	— 7·50	— 1·18	—0·0190
23.	—0·62	—3·25	—25·88	— 7·88	— 2·20	—0·0204
1868 Jan. 12.	—0·66	—3·63	—24·65	— 8·23	— 3·28	—0·0215
Febr. 1.	—0·70	—4·04	—23·24	— 8·55	— 4·41	—0·0222
„ 21.	—0·73	—4·46	—21·63	— 8·84	— 5·56	—0·0226
März 12.	—0·76	—4·90	—19·79	— 9·09	— 6·72	—0·0226
April 1.	—0·78	—5·34	—17·71	— 9·30	— 7·86	—0·0223
„ 21.	—0·80	—5·79	—15·38	— 9·48	— 8·98	—0·0216
Mai 11.	—0·81	—6·23	—12·80	— 9·64	—10·04	—0·0205
„ 31.	—0·82	—6·66	— 9·99	— 9·77	—11·04	—0·0191
Juni 20.	—0·83	—7·08	— 6·98	— 9·87	—11·96	—0·0175
Juli 10.	—0·83	—7·47	— 3·80	— 9·97	—12·78	—0·0156
„ 30.	—0·82	—7·84	— 0·50	—10·05	—13·50	—0·0135
Aug. 19.	—0·82	—8·18	+ 2·88	—10·12	—14·11	—0·0113
Sept. 8.	—0·81	—8·49	+ 6·27	—10·19	—14·60	—0·0090
„ 28.	—0·79	—8·77	+ 9·63	—10·25	—14·99	—0·0067
Oct. 18.	—0·78	—9·01	+12·88	—10·32	—15·26	—0·0044
Nov. 7.	—0·77	—9·21	+16·00	—10·38	—15·43	—0·0022
„ 27.	—0·75	—9·39	+18·92	—10·45	—15·50	—0·0001
Dec. 17.	—0·74	—9·53	+21·61	—10·51	—15·48	+0·0018
1869 Jan. 6.	—0·72	—9·65	+24·04	—10·56	—15·37	+0·0036
26.	—0·71	—9·73	+26·20	—10·61	—15·21	+0·0051
Febr. 15.	—0·70	—9·80	+28·07	—10·65	—14·99	+0·0064
März 7.	—0·69	—9·85	+29·65	—10·68	—14·72	+0·0074
„ 27.	—0·68	—9·88	+30·94	—10·69	—14·42	+0·0082
April 16.	—0·68	—9·89	+31·97	—10·69	—14·09	+0·0087
Mai 6.	—0·67	—9·90	+32·76	—10·66	—13·76	+0·0089

Saturn.

	Δi	$\Delta \Omega$	$\Delta \pi$	$\Delta \varphi$	ΔL	$\Delta \mu$
1869 Mai 26.	—0″67	— 9″90	+ 33″34	+10″62	—13″43	+0″0090
Juni 15.	—0·67	— 9·90	+33·74	+10·55	—13·11	+0·0087
Juli 5.	—0·68	— 9·90	+34·00	+10·46	—12·80	+0·0083
„ 25.	—0·68	— 9·90	+34·14	+10·34	—12·53	+0·0077
Aug. 14.	—0·69	— 9·90	+34·20	+10·21	—12·28	+0·0069
Sept. 3.	—0·70	— 9·92	+34·21	+10·06	—12·08	+0·0059
„ 23.	—0·71	— 9·93	+34·20	+ 9·90	—11·92	+0·0049
Oct. 13.	—0·72	— 9·96	+34·19	+ 9·73	—11·81	+0·0038
Nov. 2.	—0·73	—10·00	+34·19	+ 9·54	—11·75	+0·0026
22.	—0·74	—10·05	+34·21	+ 9·36	—11·74	+0·0014
Dec. 12.	—0·75	—10·11	+34·25	9·17	—11·78	+0·0001
1870 Jan. 1.	—0·76	—10·18	+34·32	+ 8·98	—11·86	—0·0010
„ 21.	—0·77	—10·26	+34·40	+ 8·80	—12·00	—0·0022
Febr. 10.	—0·78	—10·35	+34·48	+ 8·62	—12·18	—0·0033
März 2.	—0·78	—10·45	+34·55	+ 8·46	—12·40	—0·0042
„ 22.	—0·79	—10·55	+34·59	8·30	—12·66	—0·0051
April 11.	—0·80	—10·67	+34·58	+ 8·15	—12·95	—0·0059
Mai 1.	—0·80	—10·79	+34·51	8·01	13·27	—0·0065
„ 21.	—0·80	—10·92	+34·37	+ 7·88	—13·62	—0·0070
Juni 10.	—0·80	—11·05	+34·14	+ 7·76	—13·98	—0·0074
„ 30.	—0·80	—11·18	+33·81	+ 7·65	—14·35	—0·0076
Juli 20.	—0·80	—11·31	+33·37	+ 7·55	—14·74	—0·0077
Aug. 9.	—0·79	—11·44	+32·82	+ 7·44	—15·12	—0·0076
„ 29.	—0·79	—11·58	+32·16	+ 7·34	—15·50	—0·0074
Sept. 18.	—0·78	—11·70	+31·39	+ 7·24	—15·87	—0·0071
Oct. 8.	—0·77	—11·83	+30·51	+ 7·14	—16·23	—0·0066
„ 28.	—0·76	—11·95	+29·54	+ 7·04	—16·57	—0·0061
Nov. 17.	—0·75	—12·06	+28·48	+ 6·94	16·88	—0·0054
Dec. 7.	—0·73	—12·17	+27·34	+ 6·83	—17·17	—0·0046
27.	—0·72	—12·27	+26·14	+ 6·71	—17·43	—0·0038
1871 Jan. 16.	—0·70	—12·37	+24·89	+ 6·59	—17·65	—0·0028
Febr. 5.	—0·69	—12·45	+23·60	+ 6·46	—17·83	—0·0018
„ 25.	—0·67	—12·53	+22·29	+ 6·32	—17·99	—0·0008
März 17.	—0·65	—12·59	+20·97	+ 6·18	—18·09	+0·0003
April 6.	—0·64	—12·65	+19·65	+ 6·04	—18·15	+0·0014
„ 26.	—0·62	—12·70	+18·34	+ 5·89	—18·17	+0·0026
Mai 16.	—0·60	—12·73	+17·06	+ 5·74	—18·14	+0·0037
Juni 5.	—0·58	—12·76	+15·82	+ 5·58	—18·07	+0·0048
„ 25.	—0·57	—12·78	+14·62	+ 5·43	—17·94	+0·0060
Juli 15.	—0·55	—12·80	+13·47	+ 5·27	—17·78	+0·0071

Saturn.

	Δi	$\Delta\Omega$	$\Delta\pi$	$\Delta\varphi$	ΔL	$\Delta\mu$
1871 Aug. 4.	—0˙54	—12˙80	+12˙37	— 5˙12	—17˙57	+0˙0081
„ 24.	—0·52	—12·80	+11·33	— 4·98	—17·31	+0·0091
Sept. 13.	—0·51	—12·80	+10·34	— 4·84	—17·02	+0·0100
Oct. 3.	—0·50	—12·79	+ 9·41	— 4·72	—16·69	+0·0109
23.	—0·49	—12·77	+ 8·52	— 4·60	—16·32	+0·0116
Nov. 12.	—0·48	—12·76	+ 7·67	— 4·50	—15·92	+0·0123
Dec. 2.	—0·47	—12·74	+ 6·85	— 4·41	—15·49	+0·0128
„ 22.	—0·47	—12·73	+ 6·05	— 4·34	—15·04	+0·0132
1872 Jan. 11.	—0·46	—12·72	+ 5·26	— 4·29	—14·57	+0·0135
31.	—0·46	—12·71	+ 4·46	— 4·26	—14·08	+0·0136
Febr. 20.	—0·46	—12·71	+ 3·63	— 4·26	—13·59	+0·0136
März 11.	—0·46	—12·72	+ 2·75	— 4·27	—13·10	+0·0134
„ 31.	—0·46	—12·74	+ 1·81	— 4·32	—12·62	+0·0131
April 20.	—0·47	—12·77	+ 0·79	— 4·38	—12·15	+0·0125
Mai 10	—0·48	—12·82	— 0·34	— 4·47	—11·70	+0·0118
„ 30.	—0·49	—12·89	— 1·60	— 4·59	—11·28	+0·0109
Juni 19.	—0·50	—12·98	— 2·99	— 4·72	—10·90	+0·0098
Juli 9.	—0·51	—13·08	— 4·53	— 4·89	—10·57	+0·0086
„ 29.	—0·52	—13·22	— 6·23	— 5·07	—10·29	+0·0072
Aug. 18.	—0·53	—13·37	— 8·09	— 5·27	—10·08	+0·0056
Sept. 7.	—0·54	—13·55	—10·12	— 5·49	— 9·94	+0·0038
„ 27.	—0·55	—13·76	—12·31	— 5·72	— 9·88	+0·0020
Oct. 17.	—0·56	—14·00	—14·63	— 5·96	— 9·91	0·0000
Nov. 6.	—0·56	—14·26	—17·08	— 6·21	—10·03	—0·0020
26.	—0·57	—14·55	—19·62	— 6·47	—10·24	—0·0041
Dec. 16.	—0·57	—14·86	—22·21	— 6·72	—10·56	—0·0062
1873 Jan. 5.	—0·57	—15·19	—24·80	— 6·98	—10·97	—0·0082
„ 25.	—0·56	—15·54	—27·34	— 7·24	—11·48	—0·0101
Febr. 14.	—0·56	—15·91	—29·75	— 7·49	—12·07	—0·0119
März 6.	—0·54	—16·28	—31·99	— 7·74	—12·75	—0·0134
„ 26.	—0·52	—16·65	—33·98	— 7·99	—13·52	—0·0147
April 15.	—0·50	—17·02	—35·68	— 8·24	—14·31	—0·0156
Mai 5.	—0·47	—17·38	—37·02	— 8·49	—15·15	—0·0162
„ 25.	—0·44	—17·72	—38·00	— 8·74	—16·00	—0·0164
Juni 14.	—0·41	—18·03	—38·59	— 9·00	—16·86	—0·0162
Juli 4.	—0·37	—18·32	—38·80	— 9·27	—17·69	—0·0156
„ 24.	—0·33	—18·57	—38·65	— 9·55	—18·48	—0·0147
Aug. 13.	—0·29	—18·79	—38·20	— 9·85	—19·21	—0·0133
Sept. 2.	—0·25	—18·97	—37·47	—10·15	—19·86	—0·0117
„ 22.	—0·21	—19·12	—36·54	—10·46	—20·42	—0·0098

Saturn.

	Δi	$\Delta\Omega$	$\Delta\pi$	$\Delta\varphi$	ΔL	$\Delta\mu$.
1873 Oct. 12.	$-0{.}18$	$-19{.}23$	$-35{.}49$	$-10{.}78$	$-20{.}88$	$-0{.}0078$
Nov. 1.	$-0{.}14$	$-19{.}31$	$-34{.}36$	$-11{.}10$	$-21{.}23$	$-0{.}0057$
„ 21.	$-0{.}11$	$-19{.}36$	$-33{.}22$	$-11{.}42$	$-21{.}48$	$-0{.}0035$
Dec. 11.	$-0{.}08$	$-19{.}39$	$-32{.}12$	$-11{.}73$	$-21{.}63$	$-0{.}0014$
31.	$-0{.}06$	$-19{.}40$	$-31{.}09$	$-12{.}02$	$-21{.}68$	$+0{.}0007$
1874 Jan. 20.	$-0{.}04$	$-19{.}39$	$-30{.}15$	$-12{.}28$	$-21{.}65$	$+0{.}0025$